हम मिले मिलकर चले

बीना जी मेनन

ISBN 979-8-89133-771-8

मेरे पिता, श्री के आर गोपाला मेनन और मेरी माता श्रीमती पद्मावती के लिए।

आभार

हर इंसान अकेला आता हैं और अकेला ही यहां से जाता हैं। इस आने और जाने के बीच में उसकी ज़िन्दगी पर कई लोगों का एक निश्चित प्रभाव पड़ता हैं, जिसके बिना वह कुछ भी नहीं हैं।

ज़िन्दगी के जिस कठिन दौर से मैं गुज़र रही हूँ, निश्चित ही ऐसे कुछ लोगों ने अपनी उपस्थिति से आसान करने की कोशिश की हैं।

एक उद्‌यम उज्जैन के श्रीमहाकालेश्वर मंदिर के दर्शन के दौरान मेरे मन में उदित हुआ था। थ्रिप्पुनिथुरा के श्रीपूर्णत्रयीशा भगवान् के अनुग्रह से यह साकार हो सका।

मेरे पूज्य पति, श्री संतोषजी की यादें और महक मेरी सुनसान राहों को रोशन करती आ रही हैं।

मेरा बेटा, वासुदेव मेरे अकेलेपन को गहराई से मिटाने की भरसक कोशिश करता ही रहता हैं। ईश्वर ऐसा बेटा सबको दे।

मेरा परिवार - माया, सतीशजी, सजीवजी, सौमिनी, अनघा, रंजीत, सिद्धार्थ, सौरव, बिनोय, धन्या, निया - सबने कही न कही अपने ही अंदाज़ में योगदान दिया हैं।

मेरे चंद दोस्त जिनकी दोस्ती ने मुझे बल भी दिया और मुझे आगे बढ़ने का हमेशा हौसला भी दिया हैं। सबसे

पहले ज़हन में चमन ही आती हैं जो मेरे लिए ही नहीं, मेरे जैसे अनगिनत दोस्तों की दोस्त हैं। रश्मि, शर्ली, मनीषा, लता, शुभांगी, दीपाली, राधिका, शालिनी, उमा, श्रीनिवास, जीतेन्द्र, आशीष, प्रशांत, राजेश, मनोज, विनोद, सुनील, मनोज और भी सारे दोस्त जो हमेशा मेरे साथ हैं। टीम वीऍफ़पीसीके को भी मैं इस अवसर पर याद करती हूँ।

मूल प्रति पर परिशोध किंजल्क ने किया जो मेरी ज़िन्दगी का एक हिस्सा ही हैं। प्रकाशन के लिए मेरे दोस्त बिजु ने प्रेरित किया। सभी ने किसी न किसी तरह मुझ पर और इस कृति पर अपना प्रभाव छोड़ा हैं, जिसके लिए मैं आभारी हूँ।

इस कृति के प्रकाशन का ज़िम्मा नोशन प्रेस ने बड़े ही सक्षम तरीके से निभाया हैं। नोशन प्रेस की पूरी ही टीम की मैं तहे दिल से आभारी हूँ।

दोस्ती की दास्ताँ हर एक दोस्त की कहानी है, इस विश्वास के साथ अपनी पहली कृति मान्य पाठकों के समक्ष समर्पित करती हूँ।

मुख्य पात्र

तरुण सिन्हा: ५२, बैंक मैनेजर, दफ्तर के कार्यों में बहुत ही सजग
मिनाक्षी मेनन: ५०, बहुत बातूनी और बहुत अकेली
शेखर: ५३, तरुण का कॉलेज का दोस्त
पूनम: ५०, मिनाक्षी की कॉलेज की दोस्त
आशा: ५८, तरुण की मुंबई ऑफिस की जनरल मैनेजर
जसपाल: ३८, तरुण का मुंबई ऑफिस में असिस्टेंट
साठे: ५७, तरुण के मुंबई ऑफिस में सीनियर क्लर्क
एन: ३६, तरुण की कोच्ची ऑफिस में असिस्टेंट
निधि: ५८, तरुण की जनरल मैनेजर, कोच्ची ऑफिस
वर्षा: ५१, तरुण की कलीग, कोच्ची ऑफिस
चित्रा: ३४, मिनाक्षी की असिस्टेंट
पापा: मिनाक्षी के पिता
मां: मिनाक्षी की माता
दादी: मिनाक्षी की दादीमाँ
मासी: मिनाक्षी की मौसी
नंदू: २३, मिनाक्षी का बेटा
वेद: ५०, मिनाक्षी का क्लासमेट
रौशनी: ५०, मिनाक्षी की क्लासमेट
शाइनी: ५०, मिनाक्षी की क्लासमेट

मेधा: ५०, मिनाक्षी की क्लासमेट

रवि: तरुण का कलीग, कोच्ची ऑफिस

सोनी: ४९, शेखर की पत्नी

श्रेया: ५२, तरुण की कॉलेजमेट

श्रद्धा: ५५, श्रेया की दीदी

गोविन्द: ५७, श्रेया के पति

इशिता: २०, शेखर की बेटी

श्रद्धा का बेटा: २५

मुरुकेष: ४७, बैंक में लोन की अर्जी देने वाला

कन्नगी: ४५, मुरुकेष की पत्नी

यूनियन लीडर १

यूनियन लीडर २

डेली वेजर १ - ५

1

सूरज..

चारों तरफ फैलकर सबको जगाये, उठाये और खूब दौड़ाये।

कभी सोचा हैं, अगर यह सूरज नहीं होता तो हमारा आपका क्या होता! सूरजमुखी का नरम पीलापन, गुलमोहर की गरम लालिमा, बादलों की ठंडक, बारिशों की हुड़दंग, फिर दिनों की मस्ती, रातों की चांदनी, और भी सारी बातें जो हमारे चारों तरफ सूरज के होने की अनगिनत निशानियां देते है। हमने देखा हैं उस सूरज को जो सदियों से सभी को दौड़ा रहा है। और सदियों तक दौड़ाता रहेगा।

अब बात करेंगे ऐसे सूरज की जो रौशनी बिखेरता हैं उन सब पर जो उसके आस पास हैं। ज़रूरी नहीं जान पहचान हो, दोस्त हो, यार हो, पडोसी हो, रिश्तेदार हो। जिस तरह असली सूरज की किरणें कायनात के हर ज़र्रे तक पहुँचती हैं, उसी तरह इस सूरज से भी कोई अछूता नहीं रह पाता है। यह हैं तरुण, तरुण सिन्हा। एक ऐसा शख्स जो सबके साथ रहता हैं - पर अकेला।

२०२२, फरवरी का दूसरा हफ्ता। अक्सर दफ्तरों में बड़ी अफरा तफरी नज़र आती हैं। काम का बोझ इतना

रहता हैं कि ज़िन्दगी के गुजरने का पता ही नहीं चलता हैं। पता तब चलता हैं जब इंसान नौकरी के रिटायर होता हैं, लेकिन तब तक कई तो ज़िन्दगी से ही रिटायर हो चुके होते हैं।

एक ऑफिस का केबिन। हैं। बड़े ही सलीके से केबिन में फाइलें रखी हुई हैं।

तरुण सिन्हा मेल चेक कर रहे थे, जब उनका इण्टरकॉम बज उठा।

तरुण: यस।

उस पार: आशा हियर। प्लीज कम ओवर, तरुण।

तरुण: गुड मॉर्निंग, मैडम। बस, अभी आया।

तरुण ने दरवाज़े पर दस्तखत दी और केबिन में हाज़िर हुआ।

आशा तरुण की सीनियर मैनेजर हैं, अपने ऑफिस में विराजमान।

आशा: ए वैरी गुड मॉर्निंग, तरुण। तुम्हारे लिए अगला असाइनमेंट तैयार हैं। बैठो, ब्रीफ करते हैं।

तरुण उनके सामने पड़ी एक कुर्सी पर बैठ गया। अंग्रेजी भी बड़ी अजीब सी भाषा हैं - ब्रीफ करना मतलब सारांश। सारांश की लम्बाई तय करेगी तरुण का कितना पसीना बहेगा।

तरुण: अरे, कल तक तो कुछ भी नहीं था। आज अचानक क्या नया आ गया हैं?

आशा: नेशनल वर्कशॉप हैं। मार्च 7 और 8 को, हैदराबाद में। नाबार्ड ने ऑर्गनाइस किया है। बेसिकली,

ऑन इन्वेस्टमेंट इन अग्रि बिसिनेस। और तुम्हे जाना होगा।

आशा कुछ पेपर्स और ब्रोशर तरुण को देती हैं। तरुण उन्हें पढता हैं और उन्हें मेज़ पर रख देता है।

तरुण: मैडम, नहीं। मैं नही। नेशनल वर्कशॉप मतलब हेड ऑफ़ द इंस्टीटूशन ने रिप्रेजेंट करना हैं। और हमेशा की तरह आपके AGM ने मना कर दिया होगा।

आशा: तरुण, मज़ाक मत करो। तुम जानते हो न। कम ऑन, गेट रेडी।

तरुण: मैडम, इस बार शेखर को भेजिए। मुझसे सीनियर हैं और अच्छा रहेगा दो दिन वह ज़रा रिलैक्स कर लेगा।

आशा: अच्छा, तो आप लोग वर्कशॉप्स में रिलैक्स करने जाते हैं। यह तो सही नहीं हैं। सुनो, तुम्हे ही जाना होग।

(रूककर)

आशा: एक्चुअली तरुण, अप्रेल में ट्रांसफर लिस्ट आने वाली हैं। एंड इट इस मोस्ट लैक्ली दाट शेखर विल बी ट्रान्सफर्ड थिस ईयर। इसलिए इस वर्कशॉप में तुम ही जाओ।

तरुण: मैडम, शेखर का नाम ट्रांसफर लिस्ट से ड्राप कर दीजिये। आप तो जानती हैं, इस वक़्त उसका यहां रहना कितना ज़रूरी है।

आशा: पिछले तीन साल से तुम्हारे कहने पर मैंने उसका नाम लिस्ट में आने ही नहीं दिया। लेकिन इस साल कुछ भी कर पाना नामुमकिन हैं, इट्स बियॉन्ड माय रीछ। वैसे, उनकी मदर अब कैसी हैं?

तरुण: मैं दो दिन पहले मिला हूँ उसकी मम्मी से। एंड द सिचुएशन इस वेरी डिफिकल्ट।

आशा: तरुण, आई अंडरस्टैंड। और प्रॉब्लम भी यही हैं कि आई अंडरस्टैंड। अच्छा सुनो, तुम ज़रा अग्रि क्लिनिक और अग्रि बिसिनस सेंटर्स के डिटेल्स गो थ्रू कर लेना। तुम्हारे जाने के पहले हम बैठेंगे फार्मिंग सेक्टर और नॉन फार्मिंग सेक्टर लेंडिंग पर डिस्कशन के लिए।

तरुण: आप कह रही है, बस इसलिए ओके, मैं चला जाता हूँ। अदरवाइस, मेरा कोई मूड नहीं हैं अपने दो दिन खराब करने का।

आशा: टेक इट ईसी, भई। तुम जाओ तो। क्या पता वहां तुम्हे क्या नया मिल जाए।

इंटरकॉम बज उठता है। तरुण जाने को उठता हैं। साथ ही बड़बड़ाता हैं - क्या नया मिल जाए....

आशा: तरुण, नो मोर डिस्कशन, इट्स फाइनल देट यू आर गोइंग। (फ़ोन में बोलती हैं): हेलो, हाँ फाइल भेज दो।

तरुण कमरे से निकलता हैं और सोच में डूबा हुआ गलियारे से चलकर जाता हैं।

गलियारे में तरुण की मुलाक़ात शेखर से होती हैं।

तरुण: शेखर, वर्कशॉप को फिक्स कर दिया है। मैं चला जाऊंगा। डोंट बोदर।

शेखर: तरुण, थैंक्स बड्डी।

तरुण: अरे, सिर्फ एक थैंक्स में निपटा दिया। वापस आ कर पूरा हिसाब सेटल करूंगा। लौट कर आने दो मुझे। भाभी के हाथ का खाना खाये बहुत दिन हो गए हैं, कह देना उनसे खीर समेत खाना खाऊंगा।

शेखर: मैं तो हमेशा कहता हूँ, रोज़ तेरा खाना मैं लेता आऊंगा, लेकिन तू ही तो नहीं मानता हैं।

तरुण: अरे यार, सुन। भाभी को परेशान नहीं करना। मैं तो ऐसे ही कह रहा था।

शाम। तरुण का ऑफिस। सभी अपना काम निपटा कर घर को जाते हुए नज़र आ रहे हैं।

तरुण का केबिन। वह फाइलों में मशगूल हैं और तभी जसपाल कमरे में दाखिल होता हैं।

जसपाल: सर, मैं भी निकलूं?

तरुण (चकित होकर): ओह, इतना टाइम हो गया। हाँ, भाई तुम..... निकलो।

जसपाल: सर, आप.....

तरुण: मेरी फ़िक्र मत करो। अच्छा सुनो, आशा मैडम चली गयी?

जसपाल: हाँ सर। शेखर सर अभी भी केबिन में हैं।

तरुण: ओके, तुम निकलो।

ऐसा कहकर, तरुण ने कुर्सी से उठकर जी भरके अंगड़ाई ली। फिर अपने कफ बटन खोलकर आस्तीन को सलीके से तह कर लिए और कमीज को कमर पर ढीला कर लिया। फिर एक सिगरेट निकाल कर जला ली। वो वापस अपनी कुर्सी पर बैठ गया और फाइलों में मशगूल हो गया, जब शेखर कमरे में दाखिल होता है।

शेखर: यह क्या, तरुण, तू फिर शुरू हो गया।

तरुण: देख, तेरे कहने पर किसी के सामने स्मोक नहीं करता हूँ। बस, आशा मैडम से डर लगता है। एक्चुअली, इस मामले में छुटकिदी को पटा लेता हूँ, पर बड़कीदी

न, अब भी उनसे डर लगता है। आशा मैडम भी न, कुछ बड़कीदी जैसी ही हैं।

शेखर: शुक्र हैं भगवान् का, किसी से तो तुझे डर लगता हैं। अच्छा सुन, मैं कल लीव पर हूँ। मम्मीजी को कीमो के लिए ले जाना हैं।

तरुण सर हिला देता हैं और अपना मोबाइल उठाता है। शेखर को एक मैसेज पहुँचता हैं।

तरुण: शेखर, एक लिंक भेजा हैं, एस एस सी का नोटिफिकेशन - अभी अभी आया हैं। इशू को देना और कहना कि अप्लाई करें।

शेखर: यार, मैं तो उसका ध्यान ही नहीं रख पाता हूँ।

तरुण: अरे, तू चिंता छोड़, उसका यह चाचू ज़िंदाबाद। मैं सब देख लूंगा।

शेखर: सुन, मैं चलता हूँ, तू भी देर मत करना।

तरुण: हाँ, बस निकलता हूँ।

तरुण दफ्तर से निकल कर लाइब्रेरी जाता हैं। कुछ जाने पहचाने चेहरों को देख कर उनका हाथ हिलाकर अभिवादन करता हैं। फिर कुछ किताबों को उलट कर देखता हैं और उन्हें अपने नाम पर जारी करवा लेता है। फिर सीधा घर पहुँचता हैं।

रात में तरुण अपनी मेज़ पर रखी किताबों में से एक को पढता नज़र आता है। फिर मेज़ पर रखी हुई सिगरेट जलाता हैं और लम्बी कश लेकर अपनी डायरी में लिखता है। लिखने के बाद फिर सिगरेट का धुआँ छोड़ते हुए पढता हैं...

चंद लम्हे...

मीठे, पर गुज़र गए।
उम्र मेरी...
लम्बी, और ठहर गयी।
काश...
लम्हे ठहर जाते और उम्र गुज़र जाती।

तरुण फिर से लम्बे लम्बे कश लेता हैं।

2

मार्च ७ और ८, २०२२

हैदराबाद।

आडिटोरियम में वर्कशॉप बड़े चहल पहल के साथ जारी हैं। कुछ सुन रहे हैं, कुछ नोट्स बना रहे हैं। विस्तार में विचार विमर्श चल रहे हैं।

दोपहर में लंच के लिए सब उठते है।

अचानक तरुण बड़ी जल्दी हड़बड़ी में बाहर निकलता हैं। थोड़ी देर के बाद वह आता दिखाई देता हैं, और वह च्युइंग गम चबाता नज़र आता है। फिर वह सबके बीच से धीरे से जाकर प्लेट में खाना परोसकर लाता हैं और डाइनिंग हॉल के दूर किनारे पर एक खाली मेज़ देखकर बैठ जाता हैं। वह दीवार की तरफ रुख करके अपना लंच करता है। ऐसे में कोई उसके पीछे आकर रुक जाता हैं।

मिनाक्षी: एक्सक्यूज़ मी, मे आई?

तरुण: श्योर, विथ प्लेज़र!

मिनाक्षी: थैंक्स। (वह खाना लेकर बैठ जाती हैं, लेकिन खा नहीं रही हैं)

मिनाक्षी: (मोबाइल पर) वेद, सुनो। तुम अंकल और आंटी से बात क्यों नहीं करते हो?

वेद: (दूर से आती आवाज़ - धीमी बातें)

मिनाक्षी: मैं मानती हूँ भाभी उनका बहुत ख़याल रखती हैं। लेकिन तुम उनके बेटे हो भई। कभी तो उनके पास बैठ जाया करो, पूछ लिया करो, बातें किया करो। अपने बारे में तुम ही उन्हे बताया करो। क्यों सोचते हो भाभी सब संभाल लेंगी।

वेद: (हलकी सी आवाज़)

तरुण कन्फ्यूज्ड सा दिखता है और वह अपना खाना पूरा करता हैं। बातें करते करते मिनाक्षी की नज़र उस पर पड़ती है। उसे देखकर वह मुस्कुराती हैं और अपने दोनों आँखें झपकती हैं, फिर से बातों में मशगूल हो जाती हैं। तरुण भी मुस्कुराता हैं लेकिन बड़े ताज्जुब से उसे देखता हैं।

मिनाक्षी: तुम हमेशा बातें टाल देते हो। ठीक हैं। बाद में बात करते है। (रूकती हैं) हाँ, हैदराबाद में हूँ। कल चली जाऊंगी।

वेद: (हलकी हलकी बातों की आवाज़ें)

मिनाक्षी: ओके, टेक केयर। घर पहुँच कर कॉल करती हूँ।

फिर वो फ़ोन काट कर खाना खाने लगती हैं।

मिनाक्षी तरुण से: ओह सॉरी।

तरुण: नो, इट्स ओके। (तरुण मुस्कुराकर) आई थिंक वी नीड तो हरी अप। अगला सेशन शुरू हो रहा हैं। दो बोरिंग, वी हाव टू बी प्रेजेंट।

मिनाक्षी: येस, श्योर।

दोनों चर्चाओं में शामिल हुए। दोनों अलग अलग मेज़ों पर बैठे हैं। तरुण काफी तन्मयता से सब सुनता हैं और

कुछ सवाल भी पूछता हैं। वक्ताओं ने उन सवालों का जवाब भी दिया। मिनाक्षी बिलकुल बोर होती नज़र आती हैं और उसे देखकर ऐसा महसूस होता हैं कि वह चाहती हैं सारे सेशंस जल्द ही ख़त्म हो जाए।

उसी दिन शाम।

डेलीगेशन साईट सीइंग के लिए बस का इंतज़ार कर रहा है।

तरुण दूर हट कर स्मोक करता घूम रहा है। मिनाक्षी फिर मोबाइल पर बातें करती करती अनजाने ही तरुण की तरफ चल कर पहुँच जाती हैं।

मिनाक्षी: (फोन में) पूनम, चंडीगढ़ वाले रिश्ते का फिर क्या हुआ? जीजाजी की राय क्या हैं?

पूनम: वह ड्राप कर दिया। अभी झाँसी से एक आया हैं, वह ठीक भी लग रहा हैं।

मिनाक्षी तरुण से (पहले फ़ोन में - एक मिनट) एक्सक्यूज़ मी, आप स्मोक कर रहे हैं।

तरुण: हम्म, जी??? (वह असमंजस में चिड़चिड़ाता हुआ बोला)

तरुण से बहुत कठोर होकर मीनाक्षी: एक्सक्यूज़ मी।

ऐसा बोलकर, वह चन्द कदम दूर चली जाती हैं। तरुण उसे ध्यान से देखता हैं और स्मोकिंग जारी रखता है।

पूनम: मिन्नू, तू फिर किसी के पीछे पड गयी, यार तू जहां जाती हैं वहां तुझे स्मोकर्स मिल जाते हैं। तू अभी भी बदली नहीं। बता, आज अब क्या प्रोग्राम हैं।

मिनाक्षी: कुछ साइट सीइंग हैं। होप मज़ा आएगा, लेकिन कोई भी पहचान का नहीं हैं। सो फील लाइक प्योरली ऐकडेमिक।

इतने में बस-ऑपरेटर्स सफर शुरू करने के लिए बुलाते हैं।

मिनाक्षी: ओके पूनम। विल कैच अप लेटर।

तरुण अब भी मिनाक्षी को ध्यान से देख रहा हैं और कह पड़ता हैं: स्ट्रेंज।

शाम और हैदराबाद - साइट सीइंग के मायने ही नयी परिभाषा पा जाते हैं।

तरुण का कमरा और वह डायरी में कुछ लिखता नज़र आता हैं:

बड़ी अजीब बात हैं। आज एक मोहतरमा से मुलाक़ात हुई। कुछ जानी पहचानी सी लगती हैं।

नहीं, अजनबी ही हैं वह.... या शायद कही देखा और भूल गया। स्ट्रेंज....

दूसरा दिन, सुबह।

तरुण बाहर जॉगिंग करता नज़र आता है। शायद ही कोई व्यक्ति या वस्तु उसकी दिनचर्या में खलल डाल पाते हैं, तरुण अपनी वर्जिश को बहुत ही ईमानदारी से करता था।

मिनाक्षी लॉन में फिर फोन पर बातें करती घूम रही हैं: माँ, हाँ, बिलकुल ठीक हूँ। (रुक कर) हाँ, वर्कशॉप अच्छा हैं। (रुक कर) खाना ठीक से खा रही हूँ (रुक कर) जी, टाइम से उठ गयी थी (फिर रुक कर) आज शाम की

फ्लाइट से घर रवाना हो जाऊंगी (रुक कर) आपको घर पहुँच कर कॉल करती हूँ।

तरुण चुपचाप मिनाक्षी के वार्तालाप को ध्यान से सुनता हैं और धीरे से अपने कमरे की ओर बढ़ जाता हैं।

··—··

वर्कशॉप - सेशंस - लंच ब्रेक - सेशंस - टी ब्रेक - सेशंस - समापन समारोह

तरुण: हेलो, आज दिन भर बिजी थे। आपको वर्कशॉप कैसा लगा?

मिनाक्षी: हम्म, एस यूजुअल। यू नो ना, वर्कशॉप बड़ी क्रिएटिव तो होती हैं, लेकिन वन्स इट्स ओवर, इट्स जस्ट ए डॉक्यूमेंट - ए प्लेन डॉक्यूमेंट।

तरुण: हम्म। सेम हियर।। बाय द वे, आय ऍम तरुण सिन्हा SBI, मुंबई।

मिनाक्षी: ओह, नाइस मीटिंग यू। आय ऍम मिनाक्षी, मिनाक्षी मेनन, हॉर्टिकल्चर डेवलपमेंट कौंसिल, कोच्ची।

तरुण: एनी एक्वेंटेंस हियर?

मिनाक्षी: न नहीं। बस अभी अभी पहचान हुई हैं, एक जनाब तरुण सिन्हाजी से।

तरुण: (हंसकर): आपसे भी मिलकर मुझे ख़ुशी हुई।

मिनाक्षी: इस वर्कशॉप में तो डायरेक्टर ने आना था। नहीं आये, बस डेलिगेट कर दिया।

तरुण: हम्म। मेरा हाल भी कुछ ऐसा ही हैं। (रुक कर) आप आज ही लौट रही है कोच्ची।

मिनाक्षी: जी, हम तो रात ही में लौट जाएंगे।

तरुण: हम माने... आपके साथ कोई और भी हैं?

मिनाक्षी: नहीं नहीं। हम माने मी। आई, मी, माइसेल्फ यू नो, हम बड़ा ही मैजिकल वर्ड हैं। अच्छा, अब चलते हैं। इट वास् नाइस मीटिंग यू। आप भी आज ही जा रहे होंगे!

ऐसा कहकर वह उठ जाती हैं और चलना शुरू करती हैं। तरुण भी साथ हो लेता हैं।

तरुण: जी, मैं भी आज ही जा रहा हूँ।

वोट ऑफ़ थैंक्स... सभी डेलीगेट्स अपने लगेज लेकर निकलते नज़र आते हैं।

तरुण: ओके, मैडम, गुडबाय।

मिनाक्षी: बाय। सी यू, सम डे। (अपनी दोनों आँखें मींच कर मुस्कुराती हैं)

तरुण: (बड़बड़ाता हैं) स्ट्रेंज

3

तरुण का ऑफिस। तरुण आशा के केबिन पर दस्तक देता हैं और भीतर दाखिल होता हैं।

तरुण: आशा मैडम, गुड मॉर्निंग।

आशा: मॉर्निंग तरुण। और बताओ वर्कशॉप कैसा रहा?

तरुण वहाँ मौजूद कुर्सियों में एक में आराम से बैठता हैं।

तरुण: मैडम, आप सब जानती हैं, फिर भी पूछ रही हैं।

आशा (मुस्कुराती हैं): खैर छोड़ो। वर्कशॉप पर एक रिपोर्ट तैयार करके सबमिट करो। नॉनफार्मिंग सेक्टर पर कुछ डिस्कशन हुआ कि नहीं।

तरुण: थ्रस्ट तो फार्मिंग सेक्टर पर ही था। लेकिन अगले फाइनेंसियल ईयर के बजट में NFS के बड़े प्रोजेक्ट्स रखे हैं न।

आशा: हाँ, पोस्ट - हार्वेस्ट हैंडलिंग और प्रोसेसिंग - इन दोनों एरियाज में बहुत पोटेंशियल हैं। सिस्टेमेटिक एक्सप्लोरेशन की ज़रुरत हैं - अब वह स्कीमैटिक हो या अदरवाइस।

तरुण: मैडम, स्टेट बजट भी बहुत वेइटज दें रही हैं PHH और प्रोसेसिंग पर।

आशा: हम्म। सुनो तरुण, बसेरा फार्म्स पर एक इंस्पेक्शन ड्यू हैं। प्लान फॉर नेक्स्ट मंडे। इफ फीसिबिल, आई विल आल्सो कम। और सुनो, HRD से स्टाफ अटेंडेंस तुम्हे हैंडओवर करने का आर्डर हो गया हैं। तुम्हे तो पता चल ही गया होगा न, आर्डर मेल से ले लेना।

आशा एक फायल निकालती हैं और तरुण को देती हैं। तरुण उस से फायल लेता हैं और जाने को उठता हैं।

तरुण: (व्यंग से) वाह। वैसे मेरी समझ से यह बिलकुल बाहर हैं। HRD और मैं - यह किसके दिमाग की उपज हैं। यह सब क्या हो रहा हैं, मेडम?

आशा: टेक इट ईसी तरुण, एस यू ऑलवेज डू।

तरुण अपने कंधे उचका कर चला जाता हैं।

4

तरुण अपनी एक आदत से मजबूर हैं। अपना काम तो बड़ी शिद्दत से करता ही हैं, आस पड़ोस वालों पर भी वह मेहरबान रहता हैं। ऐसे में कुछ शातिर इस फिराक में रहते हैं कि कैसे उन्हें अपना काम न करना पड़े। और जब काम होना हैं, तो कोई न कोई तो कर ही लेगा। तरुण का मतलब काम से रहता था, वह यह नहीं देखता कि उसका काम हैं या नहीं।

शायद मसरूफ रहने से बीतते वक़्त का अंदाजा नहीं रहता, और न ही बीत जाने का गम।

तरुण: जसपाल, लीव ऍप्लिकेशन्स की फाइल दिखाओ। पिछले हफ्ते की डिटेल्ड पंचिंग रिपोर्ट भी निकालो, तुरंत!

जसपाल: सर, लीव ऍप्लिकेशन्स अप टू डेट हैं। पंचिंग रिपोर्ट मैं अभी लेकर आता हूँ।

तरुण लीव रिपोर्ट पलट कर जांचता हैं।

जसपाल पंचिंग रिपोर्ट लाकर तरुण को देता हैं। तरुण बड़े इत्मीनान से रिपोर्ट पढता हैं। तरुण दोनों रिपोर्ट जांच कर कुछ हिसाब लगा कर लिखता हैं।

तरुण: जसपाल, पंचिंग मशीन के कस्टोडियन आप हैं, ऍम आई राइट?

जसपाल: यस सर।

तरुण: देन व्हाई इस साठेस पंचिंग मिसिंग फॉर पास्ट वन वीक? उनकी लीव ऍप्लिकेशन्स भी नहीं हैं। मैंने तो पिछले हफ्ते उन्हें ऑफिस में देखा भी था।

जसपाल: सर, उन्होंने रजिस्टर में अटेंडेंस मार्क किया हैं।

तरुण: तो आपका अपना ही पैरेलल सिस्टम चलता हैं यहां। जसपाल, यह किराने की दूकान हैं क्या - जिसकी जो मर्ज़ी, कर लिया. आपको मालूम हैं न, रजिस्टर्स मना हैं एंड देट यू विल बी हेल्ड रेस्पोंसिबल फॉर आल दी कोंसेकुएंसेस। चलिए, साठे को मेरे पास भेजिए।

जसपाल: सर, वैरी सॉरी, वो अभी पहुंचे नहीं हैं। शायद आज छुट्टी पर हो।

तरुण: शायद छुट्टी पर हो - तो यह अभी तक कन्फर्म भी नहीं हुआ? (रुक कर जसपाल की ओर घूर कर देखता हैं)। आप जाईये। रजिस्टर यही छोड़ जाईये। आज, कल - जब भी साठे आये तो पहले मुझसे मिलने को कहिये।

कुछ देर बाद साठे पहुँचते हैं।

साठे: सर, क्या मैं अंदर आ सकता हूँ।

तरुण: आईये। (रुक कर, उनकी तरफ देख कर) कहिये।

साठे: सर, अटेंडेंस....

तरुण: साठे साहब, अभी वक़्त क्या हुआ हैं, आपने पंचिंग कर ली?

साठे: सर, प्लीज मुझे थोड़ा एडजस्ट करा दीजिये। वह क्या हैं न, घर में कुछ काम चल रहा हैं, तो थोड़ा लेट हो जाता हूँ। आठ दस दिन की और बात हैं। बेटी की शादी

पास आ गयी हैं, थोड़ी मरम्मत चल रही हैं, पेंटिंग हो रही हैं। बस इसलिए... सर, इतना तो चलता हैं न।

तरुण: न न न न, मेरे पास नहीं चलता हैं, साठेजी. आपको चौबीस घंटो में सुबह नौ बजे से शाम पांच बजे का वक़्त यहां, इस ऑफिस में काम करना हैं। इस से ज़्यादा भी नहीं और इस से कम भी नहीं। (रुक कर, कुछ नर्म होकर) देखिये, आप तो इतने सीनियर स्टाफ हैं, आप तो सब जानते हैं न। फिर भी आप ऐसा कर रहे हैं। (रुक कर, थोड़ा कड़क होकर लेकिन नरमाई से) नो, आई वोंट अलौ थिस। आज आपका हाफ डे लीव मार्क होगा, आफ्टरनून से आप पंच करेंगे। आगे से रजिस्टर बंद। बाकी सब की तरह डेली पंचिंग करेंगे।

साठे: सर, प्लीज कुछ दिनों के लिए एडजस्ट कर दीजिये।

तरुण (थोड़ा गुस्सा होकर): साठे, इतनी देर मैंने आपके उम्र का लिहाज़ किया। सुनिए, बैंक आपको 9 से 5 तक काम करने की तनख्वाह देता हैं। यहां सबके लिए यही नियम हैं। और आपको कुछ अलग चाहिए तो आप रिप्रेजेंट करिये, फाइल में आने दीजिये, मुझे कोई दिक्कत नहीं। लेकिन अगर आपने कुछ भी डेविएट किया तो माफ़ करना, मुझे एक्शन लेना ही पड़ेगा। बेहतर होगा, आप हाफ डे लीव अप्लाई कीजिये और काम पर जाईये।

साठे सहम कर चला जाता है।

5

कुछ दिनों के बाद की बात हैं। AGM के केबिन के बाहर तरुण की मुलाक़ात आशा से होती हैं।

आशा: तरुण, दोपहर तक ट्रांसफर लिस्ट आ जायेगी। शेखर का भी नाम हैं, पर कहाँ ट्रांसफर हुआ हैं, यह मुझे अभी पता नहीं चला हैं।

दोनों ही आशा की केबिन में दाखिल होते हैं।

तरुण: मेडम, शेखर बहुत ही परेशान हैं। अब इतना लीव भी नहीं हैं कि ले ले. नो आईडिया व्हाट नेक्स्ट।

आशा: इधर के लिए चार रिक्वेस्ट भी आये हैं, बट ओनली शेखर्स वेकन्सी अराइसस। देखते हैं क्या होता हैं।

शेखर का केबिन।

तरुण शेखर की सामने कुर्सी पर अधलेटा सा बैठकर किसी गहरे सोच में डूबा है।

शेखर: तरुण, इस बार जाना ही पड़ेगा।

तरुण: शेखर, डोंट लूज़ हार्ट। तू जाकर ज्वाइन तो कर, फिर देखते हैं। आशा मेडम ने बहुत कोशिश की थी यार। लेकिन थिस टाइम, शी टू वास् हेल्पलेस।

शेखर: सोनी अकेले कैसे मैनेज करेगी। इशिता भी तो बच्ची ही हैं। मम्मीजी को उनकी बिमारी के बारे में कुछ

भी नहीं बताया हैं। सर्जरी के बाद तो वह बड़ी खुश भी हैं, कहती हैं बस दो हफ्ते की बात हैं ठीक हो जाऊंगी।

तरुण: हम्म... ट्रांसफर का बताया क्या उनको।

शेखर: एक हिंट दी थी मैंने के शायद इस साल जाना पड़ेगा।

तरुण (ठीक से बैठता हुआ): शेखर, इस अफरा तफरी में छूट ही गया - वैसे तुम्हारा ट्रांसफर हुआ कहाँ को हैं?

शेखर (झुंझलाकर): अरे साउथ का हैं यार... कोच्ची - केरला में।

तरुण: हम्म.. केरला... (कुछ सोचते हुए...)

.._..

अगले दिन ऑफिस में। तरुण उत्साहित लेकिन थोड़ा परेशान। वह दौड़ता भागता शेखर के केबिन में पहुंचता हैं।

तरुण: शेखर, तेरे मामले में शायद कुछ हो सकता हैं।

शेखर: क्या हो सकता हैं?

तरुण: सुन, तू जल्दी ही रिलीव हो जा और वहाँ ज्वाइन करके चार्ज ले ले। आंटीजी के पेपर्स साथ ही लेकर जाना। ज्वाइन करते ही मुझे कॉल करना, फिर रिटर्न ट्रांसफर के लिए रिक्वेस्ट देना - आंटीजी के पेपर्स के साथ। ठीक हैं। इस बीच किसी से कुछ भी नहीं कहना। देखते हैं कुछ बनता हैं के नहीं।

शेखर: तरुण यार, तू हमेशा ही न.... नहीं, मुझे तो कोई उम्मीद नहीं।

तरुण: आई ऍम श्योर, बात बन ही जायेगी। कीप होप।

तरुण शेखर के कंधो पर पकड़कर दिलासा देता हैं।

••—••

करीब १० दिनों के बाद।

आशा: एस युजुवल, तरुण, तुमने फिर कर दिखाया, मान गए तुम्हे - म्यूच्यूअल ट्रांसफर...

तरुण: मैडम, शेखर के लिए इतना करना तो बनता ही हैं। मेरे लिए तो बस यह एक और वेकेशन हैं। हाँ, केरला एक स्टेट छूट गया था साउथ में, तो वह भी देख लेते हैं। मैडम, आप मुझे जितनी जल्दी हो सके रिलीव कर दीजिये, जाकर ज्वाइन करूँगा तो शेखर रिलीव हो पायेगा।

आशा: बेस्ट ऑफ़ लक। वैसे तुम तो मैनेज कर ही लोगे। और कब लौटोगे? दो साल में मैं रिटायर हो जाऊंगी।

तरुण: बस आप याद कीजिये और हम हाज़िर। अच्छा मैडम, प्लीज हरी अप। (थोड़ा रुक कर): वैसे मेडम, ट्रांसफर का बहाना देकर आपने शेखर के बदले मुझे वर्कशॉप भेजा था। अब क्या करें...

आशा: अच्छा, भाई। ओके। अब कुछ भी नहीं। आज शाम तक पेपर्स रेडी करती हूँ। हो सके तो कल ही ज्वाइन कर लेना।

6

तरुण कोच्ची ऑफिस में पहुँचता हैं। वह बहुत ही गंभीर दिख रहा हैं। शेखर से जब पता चला कि उसका तबादला केरल में हुआ हैं, तब भी वह कुछ सोच में पड़ गया था। तरुण का मानना हैं कि बैंक कर्मचारी देश के किसी भी हिस्से में काम करने के लिए तैयार रहने चाहिए। कोई भी काम मिल जाए - जहां भी हो, जैसा भी हो कर लेंगे - आम इंसान को ऐसी चिंता रहनी चाहिए। फिर जब काम मिल जाता हैं, तब अपनी अपनी फरमाईशें और चाहते पैदा होती हैं जो क्रमश हक़ में तब्दील हो जाती हैं।

लेकिन तरुण ऐसा नहीं सोचता हैं, इसलिए वह आज यहां पहुंचा हैं।

कोच्ची ऑफिस का एंट्रेंस।

सिक्योरिटी: सर, विज़िटर्स रजिस्टर में अपने डिटेल्स एंटर करिये।

तरुण: यार, मैं इस ऑफिस में ज्वाइन करने आया हूँ, कोई विजिटर नहीं हूँ।

सिक्योरिटी: सर, वह तो ठीक हैं। लेकिन आपको ऑफिस में दाखिल होने के लिए एंट्री लिखनी होगी। शाम से पंच कर लीजियेगा।

तरुण (मन ही मन): वाह, क्या बात हैं!

तरुण AGM को रिपोर्ट करता हैं। कुछ फॉर्मल बातों के बाद उसे उसके केबिन तक पहुँचाया जाता हैं। वहां उसकी मुलाक़ात शेखर से होती है।

शेखर: तरुण, तरुण, मेरे यार, तुम तो बस मेरे लिए... (शेखर की आँखें भर आती हैं।)

तरुण: न न न न। बस करो। शेखर, चलो फ़ौरन ही रवाना हो जाओ और जाकर ज्वाइन करो। जल्दी ही तुमसे मिलने आऊंगा। अब टाइम वेस्ट मत करो और जल्दी ही यहां से निकलो।

शेखर: फाइल्स तो समझा दूँ, हैंड ओवर करना हैं।

तरुण: यार, यह सब पहली बार तो नहीं कर रहे हैं न। डाउट होगा तो कॉल कर लूँगा।

शेखर: तुझे और डाउट। मज़ाक मत कर यार, अभी मूड नहीं हैं। सुन, तरुण, एक और बात हैं।

तरुण: बोल न, जो भी हैं, मुझे बता।

शेखर: तुझे तो पता हैं न इशिता के बारे में, डिग्री सेकंड ईयर के इम्तेहान चल ही रहे हैं। मम्मीजी ज़िद कर रही हैं उसकी शादी करने के लिए...

तरुण: क्या, इशू तो, बच्ची हैं। अरे वह तो बिलकुल नादाँ हैं यार, उसे क्यों बेवजह....

शेखर (बीच में टोक कर): उतनी भी नादाँ नहीं हैं। तुझे याद हैं ग्रेजुएशन में अपने साथ एक श्रेया हुआ करती थी। उसकी दीदी, श्रद्धा की शादी सोनी के पड़ोस में हुई थी। इशिता की श्रद्धा के बेटे से मुलाक़ात हुई और दोनों बस....

तरुण: वह सब तो ठीक हैं, लेकिन इशू की पढ़ाई पूरी होने दो, उसे जॉब पर लगने दो। कुछ दिन घूमने फिरने दो, फिर सोचना।

शेखर: सब सही हैं मेरे भाई। लेकिन मम्मीजी चाहती हैं, उनके रहते ही शादी हो जाए। और पता क्या, सोनी कह रही थी, श्रेया और श्रद्धा मुंबई आये हैं किसी शादी में। दोनों कल घर मम्मीजी से मिलने गए थे और बात छेड़ दी। उन चारों ने जैसे सब तय ही कर लिया हैं।

तरुण: तू वो सब छोड़, परेशां मत हो। अभी अपनी रिलीविंग आर्डर लेकर जल्दी मुंबई पहुँच और ज्वाइन कर। बाकि बाद में सोचेंगे। चल, जल्दी निकल ले।

दोनों एक दुसरे से गले मिलते हैं। फिर शेखर निकलता हैं।

.._..

तरुण अपने केबिन में।

एन: गुड मॉर्निंग, सर। माइसेल्फ, एन थॉमस, योर पर्सनल असिस्टेंट।

तरुण: हम्म, हेलो, एन. नाइस मीटिंग यू।

एन: सर, आज के लिए शेखर सर ने कुछ अपॉइंटमेंट्स फिक्स किये थे पोस्ट 11 ओ' क्लॉक। अगर आप चाहे, तो कैंसिल कर देती हूँ, आपको फाइल्स पढ़ने होंगे।

तरुण: न न न न। बिलकुल नहीं। मेरा मतलब, अपॉइंटमेंट्स कैंसिल मत कीजिये। अभी तो 10.30 ही हुए हैं। आप मुझे फाइल्स दीजिये इन द आर्डर ऑफ़ अपॉइंटमेंट्स। आई विल कॉल यू इफ नीड एनी हेल्प।

एन: श्योर, सर।

तरुण फाइलों को पढता हैं। फिर क्लाइंट्स से मिलता हैं और दिन भर का काम ख़त्म करता हैं।

तरुण फिलहाल होटल में रुका हुआ हैं। वह अपनी डायरी निकालता हैं और लिखता हैं:

फिर इक शाम गहराई
फिर यह रात स्याही स्याही
आसमान भर चाँद सितारें
पर गिरेबान मेरा खाली खाली

7

तरुण सुबह जल्दी उठ कर जॉगिंग के लिए निकल जाता हैं।

वापस लौटकर फ्रेश होने के बाद एक कैब बुलाता हैं और ऑफिस पहुँचता हैं।

तरुण ऑफिस में निधि से मिलता है। निधि तरुण की सीनियर मैनेजर हैं।

निधि: वेलकम, मिस्टर तरुण सिन्हा. नाइस टू मीट यू।

तरुण: मॉर्निंग मैडम। प्लीस्ड टू मीट यू।

निधि: मिस्टर शेखर ने आपके बारे में बताया हैं, इन फैक्ट बहुत कुछ बताया हैं। आशा से भी सुना हैं। आशा और मैंने सर्विस एक साथ ज्वाइन किया था। अकादमी में ट्रेनिंग भी साथ ही हुई।

तरुण: आई जॉइन्ड यस्टरडे इन प्लेस ऑफ़ शेखर।

निधि: हाँ। मैं कल त्रिवेंद्रम गयी थी। यू सी, कैपिटल त्रिवेंद्रम हैं तो फ्रीक्वेंटली जाना होता हैं। पोस्ट कोवीड, कई मीटिंग्स अब भी ऑनलाइन ही होती हैं। लेकिन जो बात वन टू वन ऑफलाइन मीट में हैं, वह ऑनलाइन मीट में नहीं। कई स्ट्रेटेजीज ऑफलाइन ही ठीक रहती हैं। अच्छा, बताईये, आपके रहने का बंदोबस्त हुआ?

तरुण: मैडम, कल तो मैं आया ही हूँ। आज एन ने बताया, लीज फ्लैट्स हैं। सोचा, आपसे भी पूछ कर डिसाइड कर लूँगा।

निधि: हम्म। एक्चुअली, हमने कुछ फ्लैट्स लीज़ पर ले रखीं है। यूज़ुअलि विजिटिंग ऑफिसर्स यूज़ करते हैं। शेखर ने भी VOF ही ऑप्ट किय था। लेकिन आपको उसी बिल्डिंग में फर्निश्ड फ्लैट लीज़ कर देंगे। मे टेक ए वीक्स टाइम, सिंस सब इतनी जल्दी हुआ। हॉप आप एडजस्ट कर पाएंगे।

तरुण: न न न न, नो इश्यूज। मैं तो बिल्कुल कम्फर्टेबल हूँ।

निधि: और आपकी फॅमिली कब तक शिफ्ट करेगी, आपकी वाइफ और बच्चे!

तरुण: मेडम, आई ऍम सिंगल।

निधि: अरे, आई मीन क्यों?

तरुण: सम्हाउ, इट डिडन्ट मटेरियलाइस। (जाने को उठता हैं) मेडम, कुछ प्रोजेक्ट्स सब्मिटेड हैं, उन्हें स्टडी कर लूँ, कल उन्हें डिसकस करेंगे। सी यू मेडम।

8

अगले दिन सुबह। तरुण का केबिन।

तरुण: एन, ड्राफ्ट प्रोजेक्ट्स को लिस्ट करके क्लाइंट्स को कल मीटिंग के लिए इन्वाइट कर लेना। वर्षा को भी मीटिंग के बारे में इंटिमेट कर देना। शी शुड अटेंड।

एन: सर, कल मै लीव पर हूँ। शेखर सर ने लीव अप्प्रूव किया था।

तरुण: ओके, ठीक हैं। बट आई वांट असिस्टेंस।

एन: सर, वर्षा मैडम की असिस्टेंट दीप्ति को इंटिमेट कर दूँगी, आप वर्षा मेडम को ज़रा इन्फॉर्म कर दीजिये। दीप्ति विल असिस्ट यू, सर।

तरुण: आप सब फिक्स करके जाइएगा, ओके।

••—••

अगले दिन, सुबह। एक के बाद एक क्लाइंट्स आते हैं। तरुण बड़े ही सलीके से उन्हें निपटाता हैं।

दोपहर का सेशन।

मिनाक्षी तरुण के दफ्तर में एक प्रेज़ेंटेशन के लिए आयी हैं।

तरुण: ओ, हैलोजी, पहचाना आपने।

मिनाक्षी: जी हेलो। व्हाट ए प्लेसंट सरप्राइज। आप यहां, आई मीन शेखर सर कहाँ हैं, हमारी फाइल वही हैंडल कर रहे हैं।

तरुण: उन्हें मुंबई रिवर्ट कर दिया हैं। और मैंने इस हफ्ते चार्ज ले लिया। फाइल देखी थी, सोचा ही नहीं आप होंगी। वर्षा, इनसे एक वर्कशॉप में मुलाक़ात हुई थी हैदराबाद में।

वर्षा: हेलो, मेडम।

मिनाक्षी मुस्कुरा देती हैं।

तरुण: आईये, ज़रा अपना प्रोजेक्ट डिटेल करिये।

मिनाक्षी: सर, वी हाव रिक्वेस्टेड फॉर स्ट्रेंग्थेनिंग ऑफ़ द फार्मर सेल्फ - हेल्प ग्रुप्स....

मिनाक्षी प्रोजेक्ट की बारीकियों का विस्तार से वर्णन करती हैं, जिसे तरुण बड़ी तन्मयता से सुनता हैं।

मिनाक्षी: टू सम अप, वी शॉल बी रेप्लिकेटिंग द मॉडल थ्रूआउट द 14 डिस्ट्रिक्स ऑफ़ द स्टेट।

तरुण: थैंक यू।

मिनाक्षी: सर, वैसे हमारा प्रोजेक्ट प्रपोजल अप्प्रूव तो हो जाएगा न।

तरुण (थोड़ा चिड़चिड़ा कर): जी बिल्कुल। आपका तो बड़ा ही प्रोफेशनल प्रपोजल हैं, डिनाई करने जैसी कोई बात ही नहीं हैं।

वर्षा: तरुण, यह लास्ट प्रपोजल था न। मे आई मूव ऑन, कल के कांफ्रेंस के लिए रिपोर्ट्स बनानी हैं।

तरुण: श्योर, वर्षा। दीप्ति से कह देना मिनट्स ड्राफ्ट कर के सबमिट कर दे। एंड थैंक्स इमेंसली फॉर योर टाइम।

वर्षा चली जाती हैं। तरुण मिनाक्षी की तरफ कुछ खफा होकर देखता हैं।

तरुण: मीनाक्षीजी, यह क्या सर सर लगा रखा हैं?

मिनाक्षी: नही, सर, हमें पता नहीं था आप यहां...

तरुण: सर... आप यहां.... देखिये, अब अगर आपने सर और मेडम खेलना हैं तो हमें तो माफ़ कीजिये।

मिनाक्षी: ओके, ओके, तरुणजी। अरे, हम तो भूल ही गए - वेलकम टू गोड्स ओन कंट्री! आपको कोच्ची कैसी लगी?

तरुण: वैसे... (इण्टरकॉम बज उठता हैं)... यस, आई विल बी राइट देयर।

तरुण: मीनाक्षीजी, आज के लिए एक्सक्यूज़ कीजिये, कल के कांफ्रेंस की ब्रीफिंग हैं। फिर मिलते हैं।

मिनाक्षी: ओह श्योर। हम भी चलते हैं। थैंक्स फॉर योर टाइम।

रोज़ की तरह तरुण अपने कमरे में शाम को स्मोक करता हुआ लिखता हैं.....

आज हूँ, कल रहूँ न रहूँ..
बेसबब तुम इंतज़ार न करना....
सूरज नहीं, जो ढलकर फिर निकलूं..
न मिलूं तो शिकायत न करना....

9

अगले दिन सुबह।

इण्टरकॉम बजता हैं।

मिनाक्षी: हेलो!

तरुण (दूसरी तरफ): गुड मॉर्निंग, मे आई स्पीक टू श्रीमती मिनाक्षी मेनन प्लीज।

मिनाक्षी: यस स्पीकिंग, मे आई नो हुम् आई ऍम स्पीकिंग टू, व्हाट कैन आई डू फॉर यू?

तरुण: फिलहाल तो आप अपना मोबाइल नंबर दे सकती हैं, ताकि आप से बात करने में मेहनत ज़रा कम लगे। तरुण हियर।

मिनाक्षी: ओह माय गॉड। सच कहा आपने, यह तो हम भूल ही गए थे। और आप भी तो भूल गए थे न।

तरुण:(हलके से मुस्कुराते हुए) वैसे मैंने कॉल इसलिए किया कि अब प्रोजेक्ट अप्प्रूव हो गया हैं तो MoU साइन करना होगा। ड्राफ्ट MoU एन ने आपके ऑफिशियल मेल में भेजा हैं। कुछ अमेंडमेंटस हो तो बता दीजिये। बाकी फॉर्मलिटीज मैं कम्पलीट कर लूँगा। एक कनविनिएंट डेट डिसाइड कर के MoU एक्सीक्यूट कर लेंगे।

मिनाक्षी: थैंक यू सर। (खुश होकर थोड़ी जल्दबाज़ी में) विल रिवर्ट सून। थैंक्स वन्स अगेन...

तरुण: अरे। सुनिए तो... (फोन रख देता हैं) स्ट्रेंज...

उसी दिन शाम को...

चित्रा: मेडम यू हेव ए गेस्ट।

मिनाक्षी: कौन हैं भाई, हमारा तो ऐसा कोई नहीं जो हमें पूछने यहां आये।

चित्रा: आपके फ्रेंड हैं - ऐसा बताया।

मिनाक्षी: फ्रेंड, हमारे फ्रेंड? हम्म, भेजो...

तरुण दाखिल होते हैं...

मिनाक्षी: ओह आप! अच्छा हुआ आप आ गए। बैठिये। सॉरी, हम तो बड़े रुड हो गए... आपसे पूछा भी नहीं आपने अपना स्टेइंग अरेंजमेंट कैसे किया हैं।

तरुण: भाई, अकेले पंछी हैं, जब मन हुआ उड़ जाते हैं, जहां मन हुआ डेरा डाल लेते हैं।

मिनाक्षी मुस्कुरा देती हैं।

तरुण: बैंक ने फ्लैट लीज कर दिया हैं, अच्छा फ्लैट हैं।

मिनाक्षी: चलिए, आज आपके लिए ट्रीट तो बनती हैं। आज की कॉफ़ी हमारी तरफ से। वैसे आप ट्रेवल कैसे करते हैं... आई मीन गाडी पहुँच गयी यहां।

तरुण: नहीं, आ रही हैं।

मिनाक्षी: तरुणजी, बस दो मिनट। (कुछ ज़रूरी काम निपटाती हैं)

तरुण मिनाक्षी को बड़ी तन्मयता से फाइल निपटाते देखता है। तरुण अपनी बौहें सिकोड़कर बड़ी गहराई से कुछ सोचता दिखता हैं।

कुछ क्षणों के पश्चात्...

चित्रा प्रवेश करती हैं।

मिनाक्षी: चित्रा, मीट माय फ्रेंड - तरुण सिन्हा, SBI। और यह हैं चित्रा, हमारी कलीग। आपको पता हैं, चित्रा हिंदी मस्त जानती हैं। बैंगलोर में थी, आलू पराठे बड़ा पसंद करती हैं। इसके साथ हम कभी कभी हिंदी में ही बात करते हैं।

चित्रा: जब मेडम का मूड अच्छा हो तब। डाँट तो मलयालम में ही पड़ती हैं।

सभी हंस देते है।

मिनाक्षी: तो चले. चित्रा, कल सुबह ड्राफ्ट MoU प्रिंट कर लेना और कमिटी के डिस्कशन के लिए रखना।

मिनाक्षी (तरुण से): चले, चलिए...

••_••

तरुण मिनाक्षी के साथ कार तक चलता हैं।

तरुण: कोच्ची इस ऑलमोस्ट लाइक मुंबई, हैं न।

मिनाक्षी: हम्म। ऑलमोस्ट। कोच्ची के ट्रैफिक ब्लॉक्स का लेकिन कोई तोड़ नहीं।

मिनाक्षी गाडी चलाती हैं। गाडी के स्टीरिओ में येसुदास के मलयालम गाने बजते हैं। तरुण एक बार मिनाक्षी की और देखता हैं और मुस्कुराते हुए बाहर देखता हैं। मिनाक्षी कुछ भी नहीं बोल रही हैं और वह रेस्टोरेंट की पार्किंग में कार पार्क कर देती हैं।

दोनों रेस्टोरेंट की तरफ बढ़ते हैं।

मिनाक्षी: आईये, यह हमारी फेवरिट रेस्टोरेंट हैं। हम ज़्यादातर यही आया करते हैं। एक फ्रेंड की हैं, इसलिए यहां प्रायोरिटी भी मिलती हैं।

तरुण: भाई वाह, बड़ी अच्छी जगह हैं।

मिनाक्षी: और यह टेबल मेनोन्स कार्नर कहलाता हैं।

दोनों ही मुस्कुराते हैं।

तरुण: ऐसा क्यों...

मिनाक्षी जवाब नहीं देती हैं, बस मुस्कुरा देती हैं।

मिनाक्षी: कहिये क्या लेंगे आप!

तरुण: ट्रीट आपकी हैं, आप बताईये।

मिनाक्षी: नहीं आप बताईये।

तरुण: एक कहावत हैं न - पहले आप, पहले आप के चक्कर में शाम की कॉफ़ी की जगह रात का डिनर करना पड़ जाएगा। चलिए वड़ा लेते हैं।

मिनाक्षी: हम्म... वड़ा तो एडिशनल चलेगा, अकेले वड़ा नहीं, आप अड़ा लीजिये... स्पेशिएलिटी हैं यहां की। वैसे चाय में शुगर चलेगी न।

तरुण: अरे हम बिलकुल फिट हैं मैडम, आप हमें खामखाँ...

मिनाक्षी वेटर को आर्डर देती हैं: सॉरी, सॉरी, ओके। वड़ा, अड़ा और दो चाय, एक शुगरलेस।

तरुण: शुगरलेस क्यों...

मिनाक्षी: बस यूं ही।

तरुण: न न न न, यह ठीक नहीं। पहली बार ट्रीट और वह भी शुगरलेस!

मिनाक्षी: ठीक हैं। मीठी सही, पर फिर चाय नहीं, कॉफ़ी लेंगे...

तरुण: योर विश।

कॉफ़ी और स्नैक्स परोसे गए।

मिनाक्षीः इसे कहते हैं अड़ा। केले की पत्तियों में स्टीम किया हुआ स्नैक हैं, काफी हेल्थी हैं।

दोनों स्नैक्स लेते हैं। मिनाक्षी तरुण को स्नैक्स खाने का तरीका दिखाती हैं।

तरुण (चखने के बाद): अच्छा, चाय शुगरलेस लेती हैं और स्नैक मीठा... कमाल हैं...

मिनाक्षीः आपकी फॅमिली कब शिफ्ट कर रही हैं?

तरुणः पापा मम्मी अब रहे नहीं, दो दीदियां हैं, दोनों स्टेट्स में सेटल्ड. मेरी फॅमिली बस इतनी ही।

मिनाक्षीः ओह. आई मीन...

तरुणः मीनाक्षीजी, आई ऍम हैप्पी अलोन। और आपकी फॅमिली।

मिनाक्षीः हम और हमारा बेटा। वी लॉस्ट माय हस्बैंड 2 इयर्स एगो। ही वास् अन्वेल।

तरुणः ओह, वैरी सॉरी, मीनाक्षीजी। आपका बेटा?

मिनाक्षीः बैंगलोर में हैं, फाइनल ईयर PG इन बॉटनी।

दोनों कई क्षण खामोश रहते हैं।

तरुणः मीनाक्षीजी, मैं केरला पहली बार आया हूँ। और बहुत अच्छा लगा जब आपसे मुलाक़ात हुई। आप मुझे गाइड ज़रूर कीजियेगा, मुझे मलयालम ज़रा भी नहीं आती।

मिनाक्षीः विथ प्लेज़र। आप बिलकुल फ़िक्र मत कीजिये, आपको यहां बहुत होमली फील होगा, प्रॉमिस।

तरुणः आप मुझे यहां किसी लाइब्रेरी के बारे में बताएंगी। विश टू ज्वाइन वन।

मिनाक्षी: श्योर व्हाई नॉट। हम आपको हमारी लाइब्रेरी में ही मेम्बरशिप दिलवाएंगे। अच्छी हैं, आपको भी पसंद आएगी।

दोनों कॉफ़ी ख़त्म करते हैं और लाइब्रेरी पहुँचते हैं।

लाइब्रेरी में दोनों ने तरुण के मेम्बरशिप के कागज़ात जमा किये। तरुण कुछ किताबें जारी करवाता हैं और दोनों ही बाहर निकल आते है और कार की तरफ बढ़ते हैं।

मिनाक्षी: आप आराम से सेटल कीजिये। और किसी चीज़ की ज़रुरत हो तो हिचकिये बिलकुल नहीं।

तरुण: अरे नहीं नहीं। मैं ऐसी फोर्मलिटीस को मानता ही नहीं हूँ। मुझे हेल्प चाहिए तो बिलकुल आई आस्क फॉर इट।

मिनाक्षी: दैट्स गुड। चलिए आपको घर छोड़ दे।

तरुण: सुनिए, अब तो अपना मोबाइल नंबर देंगी कि नहीं?

मिनाक्षी: ओह, भूल गए। लीजिये और एक मिस्ड कॉल करिये....

मिनाक्षी तरुण को उसके घर पर ड्राप करती हैं।

उसी दिन शाम को फ्रेश होने के बाद तरुण अपनी डायरी में लिखता हैं......

तनहा लम्हे जागीर मेरी
दिल का दर्द ईनाम तेरा

फिर कुर्सी में पीछे सट कर खूब स्मोकिंग करता हैं।

10

चित्रा ऑफिस में सभी सेक्शन में घूम कर सबसे मिल कर बातें करती है। सबसे आखिर में वह मिनाक्षी के केबिन में आती हैं।

चित्रा: मैडम, सारा इंतज़ाम हो गया हैं। एंड द ट्रैवलर विल अराइव एट 5।

मिनाक्षी: ओके। सबको इंटिमेट कर दो देट वी लीव बाई 4.45, तब 5 बजे निकलना होगा। और सुनो, कैटरिंग वालो को कॉल करके रात के पार्सल का कन्फर्म कर लेना। जाते हुए लेते जाएंगे। हाँ, पानी के क्रेट्स मत भूलना।

चित्रा: ओके मैडम।

मिनाक्षी: चित्रा, रास्ते में कोई ATM हो तो थोड़ा लिक्विड कॅश भी ले लेंगे। बस तुम हमें ज़रा याद दिला देना।

चित्रा: मैडम, आप चलिए तो, सब देख लेंगे...

सभी लेडीस इक्कठी होकर ऑफिस के सामने अपने लगेज ले कर आ जातीं हैं। ट्रैवलर के ड्राइवर को अपने लगेज थमा कर बड़े सलीके से गाडी में बैठ जाती हैं।

और उनकी यात्रा शुरू हो जाती हैं। छोटी लड़कियों ने ट्रैवलर के अंदर ही खूब मस्तियाँ शुरू कर दी.... गाना, डांस - सब बहुत खुश हैं। बुज़ुर्ग लेडीस सब देख कर एन्जॉय कर रही थी।

अगली सुबह। बीच पर सब पानी में खेल रहे हैं।

चन्द्रिका मैडम बीच पर बैठी हैं। मिनाक्षी आकर उनके पास बैठ जाती हैं।

मिनाक्षी: मेडम, आप ठीक तो हैं, कोई तकलीफ सी लग रही हैं।

चन्द्रिका: नहीं, मिनाक्षी। यह अच्छा किया तुमने, ऐसा एक ट्रिप प्लान कर लिया।

मिनाक्षी: ईयर एंडिंग में तो सांस लेने की भी फुर्सत नहीं थी। और हम सबके लिए एक कूलिंग ऑफ ज़रूरी भी था।

चन्द्रिका: भई, कूलिंग ऑफ तो वह करे जिनके लिए स्कोप हो।

मिनाक्षी: क्या बात हैं मेडम, कल शाम से देख रहे हैं, आप डिस्टर्ब्ड हैं।

चन्द्रिका: मिनाक्षी, जब से अपना यह प्रोग्राम बना हैं, तब से माँ -इन -लॉ बहुत नाराज़ हैं। मैंने इंसिस्ट किया कि मैं तो जाऊंगी, तो और बिगड़ गयी। अभी सुबह सुबह कॉल करके कह रही थी, मैंने उनके घर में डिवाइड पैदा की हैं।

मिनाक्षी: आई डोंट नो इफ आई शुड आस्क, बट आपके हस्बैंड का क्या कहना हैं. इस ही ओके ऑन योर लाइन्स?

चन्द्रिका: बस वही तो एक सहारा हैं। और मेरी दोनों ननदें भी मेरा सपोर्ट करतीं हैं।

मिनाक्षी: अरे मेडम, तो फिर उठिये और दाल में डबल तड़का लगाइये। अगली बार माँ - इन - लॉ ने कुछ कहा, तब आप कहना, "मम्मीजी, आपने बिलकुल सही पहचाना, मैं तो जब से शादी कर के आयी हूँ, इसी कोशिश में थी, अब जा के बात बनी." वैसे भी, मेडम, जब इलज़ाम लग ही गया, तो फिर किसे इम्प्रेस करने की कोशिश कर रही हैं आप। छोड़िये न...

चन्द्रिका सुन कर कुछ खिल सी जाती हैं। चित्रा आकर पास बैठती हैं।

चित्रा: मिनाक्षी मेडम, यह क्या, आप दोनों को बस बातें ही करनी थी तो ऑफिस के केबिन में बैठ के कर लेते, क्यों इतनी दूर तकलीफ की।

मिनाक्षी: बस आयी आयी, मेडम आप भी चलिए।

चन्द्रिका: तुम चलो, मैं आती हूँ। (मिनाक्षी उठ कर पानी की तरफ भागती हैं।)

मिनाक्षी भाग कर औरो के साथ पानी में उतरती हैं। चित्रा चन्द्रिका के पास बैठती हैं और अपने लिए पानी की एक बोतल निकालती।

चन्द्रिका: चित्रा, मिनाक्षी कितनी खुश हैं न। अच्छा लगता हैं उसे देख कर, बड़ी जल्दी ही उसने ओवरकम कर लिया हैं।

चित्रा: मेडम, उनके चेहरे पर जो ख़ुशी हैं इसे देखकर तो हम सब भी ज़रूर खुश होंगे और उनका मक़सद भी यही हैं। लेकिन यह ठहराव बस ऊपरी हैं, गहरी नहीं। मैं

जानती हूँ, उनकी इन मुस्कानों के नीचे कई सारे सैलाब उफन रहे हैं।

चन्द्रिका चकित रह जाती हैं।

मिनाक्षी दूर से इन दोनों को बुलाती हैं।

11

तरुण की गाडी आ गयी। वो ऑफिस के बाद वापस घर ड्राइव कर रहा हैं।

उसकी आदत थी जब ऑफिस से निकलता था तो कमीज के बाज़ुओं के बटन खोल कर उनको ऊपर की तरफ तह कर लेता हैं। बिलकुल रिलैक्सड दिख रहा हैं। ट्रैफिक बहुत ज़्यादा थी। इतने में उसकी नज़र मिनाक्षी पर पड़ती हैं जो रस्ते पर चल कर जा रही है। वह उसके पीछे गाडी रोकता हैं।

तरुण को ड्राइवर की सीट के चिल्ला कर पूछना पड़ता हैं: क्या हुआ, गाडी कहाँ हैं?

मिनाक्षी कुछ परेशां सी: वर्कशॉप में।

तरुण फिर चिल्लाता हैं: चलिए, बैठिये।

मिनाक्षी: (आँखें सूजी हुई, आवाज़ भारी भारी): नो थैंक्स। (आगे बढ़ जाती हैं।)

तरुण फिर से चिल्लाता हैं: मीनाक्षीजी, चलिए बैठिये। (थोड़ा चिढ कर।)

मिनाक्षी मुड़ कर रुक जाती हैं।

तरुण चिल्लाता हैं (ज़्यादा चिढ कर): कम ऑन, गेट इन नाउ।

मिनाक्षी: लेकिन आप आज हमसे कुछ भी नहीं पूछेंगे।

तरुण: (अब झुंझलाने लगा हैं) ओके ओके। ठीक हैं। जल्दी बैठो वरना ट्रैफिक ब्लॉक हो जाएगी।

मिनाक्षी: ओह, आई ऍम सॉरी (गाडी में बैठ जाती हैं, लेकिन बहुत मायूस हैं।)

कार चालू हो जाती हैं।

गाडी में जगजीत सिंह की ग़ज़ल चल रही हैं -

अपनी मर्ज़ी से कहाँ अपने सफर के हम हैं..

रुख हवाओं का जिधर का हैं उधर के हम हैं....

तरुण अब काफी कूल डाउन हो गया हैं, मिनाक्षी की तरफ देखता हैं। मिनाक्षी का फोन रिंग करता है, तरुण स्टीरियो की आवाज़ थोड़ा धीमा करता हैं।

मिनाक्षी: हेलो, मासी।

मासी (बारीकी से आवाज़ सुनाई देती हैं): बेटा, क्यों मम्मा को परेशां करती हो। अभी मुझे उन्होंने कॉल किया था, तुम्हारी बातों से बहुत दुःख हुआ है उन्हें। तुम्हे आराम से बात करनी चाहिए न। अब देखो नंदू बैंगलोर चला गया और तुम अकेली हो गयी हो। मेरी मानो, तुम ट्रांसफर ले लो और मम्मा के पास चली जाओ। उन्हें भी अच्छा लगेगा और तुम भी खुश रहोगी। बेटा समझा करो।

मिनाक्षी चुपचाप सुनती रहती।

इस बीच तरुण हैरान हैं, वह मिनाक्षी को एक दो बार देखता हैं और चकित हैं। उसकी ड्राइविंग जारी हैं - न जानते हुए भी कि कहाँ जाना हैं।

मिनाक्षी: मासी, आज तो सबको लगेगा हम अपनी मर्ज़ी का कर रहे हैं, किसी का कहा नहीं मान रहे हैं। लेकिन कल सभी जान जाएंगे हमने सही किया। हम तो

बस अकेले ही ठीक हैं। प्लीस मासी, आप बस हमें अकेला छोड़ दीजिये।

मिनाक्षी फ़ोन काट देती हैं। उसकी आँखें भर आती हैं और वह आंसुओं को छिपाने के लिए मुस्कुराने की कोशिश करती हैं। तरुण उसकी आँखों में सब कुछ पढ़ लेता है।

तरुण (बड़े नरमी से): सीट बेल्ट लगाइये, नहीं तो मुझे जुर्माना हो जाएगा।

मिनाक्षी (सीट बेल्ट लगाते हुए): आप हमें कॉफ़ी पिलायेंगे?

तरुण: आपने कुछ भी पूछने से मना किया हैं।

मिनाक्षी: कहने से तो मना नहीं किया था न।

तरुण: (हंसने की कोशिश करता हैं, लेकिन मिनाक्षी बाहर देख रहीं हैं): श्योर, माय प्लेशर।

कार पार्क कर के दोनों रेस्टोरेंट में जाते है। एक टेबल पर पहुँचते हैं।

मिनाक्षी: तरुणजी, हम अभी आते हैं वाशरूम से।

तरुण: श्योर, टेक योर टाइम।

मिनाक्षी वाशरूम की तरफ चली जाती हैं। तरुण चारो तरफ देखता हैं और उसे रिसेप्शन पर CCTV के मॉनिटर दिखाई देते हैं। उनमे से एक स्क्रीन वाशरूम के वॉल्कवे का था जिसमे मिनाक्षी रोती और चेहरा पोछती दिखाई देती हैं। तरुण यह देख कर बहुत ही परेशां हो जाता हैं और मिनाक्षी के वापस आने का इंतज़ार करता हैं।

मिनाक्षी आती है। तरुण को देख कर स्माइल करती हैं लेकिन उसका चेहरा बुझा हुआ सा ही हैं।

तरुण: (जांच पड़ताल के स्वर में) अब आप फ्रेश लग रही हैं। गुड।

मिनाक्षी मुस्कुराती हैं: आपने आर्डर किया?

तरुण: कोई जल्दी नहीं हैं। आराम से बैठिये और बताईये आप चाय लेंगी या कॉफ़ी लेंगी, देखिये मैं पूछ नहीं रहा हूँ।

मिनाक्षी फिर मुस्कुराती हैं: अच्छा, आपने नहीं बताया आपको कोच्ची कैसी लगी।

तरुण: वैसे...

मिनाक्षी का मोबाइल बज उठता हैं।

मिनाक्षी स्क्रीन में देख कर: पूनम...

तरुण: एक्सक्यूज़ मी। आप बैठिये मैं फ्रेश होकर आता हूँ।

मिनाक्षी कॉल अटेंड करती हैं: पूनम, एस युशुअल, कैसे पता चला मैं तुम्हारे बारे में सोच रही थी?

पूनम: बस ऐसे ही। क्या हुआ, बड़ी बुझी बुझी लग रही हैं।

मिनाक्षी बोलती हैं और देखती हैं कि तरुण धीरे से चलकर रेस्टोरेंट से बाहर चला जाता है।

मिनाक्षी बोलती हैं लेकिन उसकी आँखें भर आती हैं। कुछ पलों के बाद तरुण अंदर आता दिखायी देता हैं। तब वह खुद को संभाल लेती हैं।

वह देखती हैं कि तरुण गम चबा रहा है।

पूनम: मिन्नू, वीडियो कॉल करती हूँ, तुझे देख लू तो तस्सल्ली हो जाएगी।

पूनम वीडियो कॉल करती हैं और मिनाक्षी अटेंड करती हैं। मिनाक्षी मुस्कुराने की कोशिश करती हैं और फ़ोन तरुण के सामने कर देती हैं।

मिनाक्षी: पूनम, यह हैं तरुणजी। और आप मिलिए हमारी फ्रेंड, फिलोसोफर एंड गाइड पूनम से।

अचानक, मिनाक्षी के मोबाइल का स्क्रीन ब्लैक आउट हो जाता हैं।

मिनाक्षी: ओह, गॉड। बैटरी ड्रेन हो गयी।

तरुण: अगर आप चाहे तो मेरा फ़ोन यूस कर सकती हैं। आपको नंबर याद हैं?

मिनाक्षी: उसका नंबर हमें ज़ुबानी याद हैं।

तरुण नंबर डायल करता हैं और फ़ोन मिनाक्षी को देता हैं।

मिनाक्षी: पूनम, यह तरुणजी का फ़ोन हैं। मिलो इनसे।

तरुण: नमस्तेजी। आपकी फ्रेंड को कॉफ़ी पर लाए हैं।

पूनम: नमस्तेजी। कहिये आप कैसे हैं।

तरुण: आप अपनी फ्रेंड से ही पूछिए, आज ज़रा परेशान हैं। सॉरी, आई होप आई ऍम नॉट इंट्रूडिंग।

पूनम: नहीं तरुणजी, ऐसी कोई बात नहीं हैं। तो इसने आपको भी हैरान कर दिया हैं। इसके पीछे तो कोई लट्ठ मार हमेशा होना चाहिए। खुद को हीरो समझती हैं, और बिलकुल बच्चों जैसी हरकतें करती हैं।

तरुण: आपने बिलकुल ठीक कहा। आपकी दोस्त को कुछ लेसंस सिखाने की कोशिश कर रहा हूँ, शायद कामयाब हो जाऊं।

पूनम: आप शौक से उसे कोच कीजिये। थोड़ी ज़िद्दी हैं और थोड़ी आलसी भी, बस।

मिनाक्षी: अरे, यह अच्छा हैं, आप दोनों एक तरफ और हमें तो पाले से ही बाहर कर दिया। पूनम, क्या इसीलिए तुमने कॉल किया था?

पूनम (हँसती हुई): नहीं भाई नहीं, बुरा मान गयी। तरुणजी, आपसे बातें करके बड़ी ख़ुशी हुई। दिल्ली आईयेगा तो बताएगा ज़रूर। आपसे मिलेंगे, अच्छा, मिन्नू अब रखती हूँ। अपना ख्याल रखना, फिर कॉल करूंगी।

मिनाक्षी: ठीक हैं पूनम, बाय।

मिनाक्षी तरुण से: वैसे वाशरूम कब से एंट्रेंस पर होने लगे हैं?

तरुण: जी, क्या कहा।

मिनाक्षी: कुछ नहीं, आप आर्डर कीजिये।

तरुण: हम्म... कॉफ़ी और अड़ा... आपकी पसंद।

मिनाक्षी: ओके, ठीक हैं।

तरुण: आपको न, अड़ा नहीं, अड़ी की ज़रुरत हैं... हैं न।

मिनाक्षी (खुश दिखने की कोशिश करती हैं): अरे वह, आप तो मलयालम सीख गए... वैसे पता हैं, तरुणजी, अगर आप यह कड़ा उतार दे, तो कही न कही से मलयाली भी दिख सकते हैं।

तरुण: सॉरी, यह मेरे एक फ्रेंड की गिफ्ट हैं, 27 साल पहले उसी ने पहनाई थी, आज तक यह मेरे साथ हैं। और यह बात ज़्यादा किसी को पता भी नहीं हैं, लेकिन आपको बताने में अच्छा लग रहा हैं।

दोनों मुस्कुरा उठते हैं।

तरुण: मैंने कई बार देखा हैं, आप कभी कभी ओवर रियेक्ट करती हैं, इसलिए हमेशा....

मिनाक्षी: छोड़िये, आप भी यह क्या लेकर बैठ गए।

तरुण: मुझे पता नहीं, कहूँ के नहीं, बट आई थिंक आई कैन टेक द लिबर्टी टू से देट ट्राई एंड लिव योर लाइफ एस यू विश।

मिनाक्षी: हम भी तो बस यही कहते हैं। हमारी समझ में यह नहीं आती कि एक उम्र में हम कितनी ज़िंदगियाँ जीए, किन किनके शर्तों पर जिए? हमें सब अकेला छोड़ क्यों नहीं देते हैं!

तरुण: आई अंडरस्टैंड।

मिनाक्षी: नो तरुणजी, नोबडी अंडरस्टँड्स। हम किसी को भी ऑउटग्रो नहीं कर रहे हैं, लेकिन डोंट आई डिसर्व ए स्पेस वेयर आई कैन एट लीस्ट ब्रीथ एट माय विल?

तरुण: श्योर। आपकी साँसों पर सिर्फ आपका ही हक़ हैं, और यह आपको दुनिया को बताना हैं।

मिनाक्षी: वही बताया तो यह हश्र हुआ हैं।

तरुण: टेक इट इजी, अपना कॉफ़ी फिनिश कीजिये, माइन इस ओवर। (उसकी तरफ बड़ी गंभीरता से देखता हैं।)

दोनों कॉफ़ी ख़त्म करके उठते हैं।

कार में दोनों मिनाक्षी के घर पहुँचते हैं।

मिनाक्षी: तरुणजी, मैंने आपकी इवनिंग ख़राब कर दी न।

तरुण: जी हाँ, बिलकुल. अब इवनिंग को मारियें गोली और आप आराम करिये। और सुनिए, अपना गुस्सा रात

के खाने पर मत उतारियेगा... खा लेना, खाना भी और गुस्सा भी...

मिनाक्षी: थैंक्स, तरुणजी. थैंक्स फॉर बीइंग देयर...

मिनाक्षी घर में दाखिल होती हैं। तरुण चला जाता हैं।

उसी रात, नौ बजे मिनाक्षी का फ़ोन बजता हैं।

मिनाक्षी: हेलो, तरुणजी।

तरुण: सॉरी टू डिस्टर्ब यू। उम्मीद करता हूँ आप खाना खा चुकी होंगी।

मिनाक्षी: जी, आप अब हमें शर्मिंदा कर रहे हैं।

तरुण: नहीं नहीं, आज तो रात के बारह बजे तक हैं और मैंने आपसे वादा किया हैं कि आपसे आज कुछ नहीं पूछूंगा। बस यह बताने कॉल किया कि आप सुबह 8.30 तक तैयार रहिएगा, मैं आपको पिक करने आ जाऊंगा। आपको ऑफिस ड्राप करके मैं ऑफिस चला जाऊंगा।

मिनाक्षी: हमारी वजह से आप बहुत परेशान हो रहे हैं।

तरुण: आप पूछ रही हैं तो हाँ, आपके कारण बहुत परेशान हूँ। और अगर आप बता रही हैं तो भी हाँ, आप इस परेशानी की फ़िक्र मत कीजिये। यू नो व्हाट, आप बहुत ज़्यादा सोचती हैं। अगर इतना सोचेंगी तो बहुत सारे लोग आपकी वजह से परेशान रहेंगे और शायद सब मेरी तरह इस परेशानी को पसंद नहीं करेंगे।

मिनाक्षी: आई नो बट आई कैंट हेल्प इट। सब इतना इंट्रूड करते हैं, हमें अच्छा नहीं लगता।

तरुण: पूनमजी कॉल करती हैं, क्या वह इंट्रूशन नहीं?

मिनाक्षी: पूनम इस डिफरेंट। वह हमारी दोस्त हैं, हमें अच्छे से जानती हैं।

तरुण: आपकी मम्मा, आपके रिश्तेदार भी आपको जानते हैं, कंसर्न्ड हैं, कभी आपका बुरा नहीं चाहेंगे।

मिनाक्षी: तरुणजी, मम्मा के लिए तो हम सब कुछ करेंगे। हम बस इतना चाहते हैं कि मम्मा हमसे कोई बड़ी उम्मीदें न लगा बैठे, इसलिए इतनी हारश्ली बोलते हैं। आप प्लीज बुरा मत मानिये, हम इस मामले में ज़्यादा बात नहीं करना चाहते।

तरुण: ठीक हैं, आराम कीजिये। आपसे सुबह मुलाक़ात होगी। गुड नाईट।

मिनाक्षी: हम्म...

तरुण का स्टडी रूम, टेबल।

वह लिख रहा हैं।

ढलते सूरज की तरह चूर हो चले थे

सुबह तक का हौसला दे दिया तेरे आँखों के सितारों ने

12

अगले दिन सुबह। मिनाक्षी का घर।

मिनाक्षी का मोबाइल रिंग करता हैं।

मिनाक्षी तैयार हो चुकी थी और फ़ोन पर जवाब देती हैं: यस, आई ऍम रेडी। कमिंग।

मिनाक्षी दरवाज़ा बंद करती हैं और कार के पास पहुँचती हैं। कार में दाखिल हो कर तरुण को देखती हैं।

मिनाक्षी: अरे, आप कैज़ुअल्स में, नॉट गोइंग टू द ऑफिस।

तरुण: हम्म। आई ऍम ऑन लीव टुडे। और आप भी ऑफिस नहीं जा रही हैं।

मिनाक्षी: मतलब...

तरुण: आप ऑफिस में लीव रिपोर्ट कीजिये और मोबाइल स्विच ऑफ कर दीजिये। मैं आपको लॉन्ग ड्राइव पर ले जा रहा हूँ। यू नीड टू कूल ऑफ।

मिनाक्षी: लेकिन हम तो....

तरुण: न न न न। आपने जो भी बोलना था न, कल बोल दिया और मैं चुपचाप सुनता रहा। अब मेरी बारी। आज मैं बोलूंगा, आप सुनेंगी।

मिनाक्षी: लेकिन सुनिए तो...

तरुण (अपनी बाहिने तर्जनी को अपने होठों पर रख कर): श्श्श...

कार शुरू होती हैं स्टीरियो पर ग़ज़ल चल रही हैं:

कभी तो सोच के वह शख्स किस क़दर था बुलंद..
जो झुक गया तेरी कदमों में आसमां की तरह....
मेरा वजूद हैं जलते हुए मकां की तरह....

और बड़ी ही तेज़ी से शहर से बाहर चली जाती हैं...

दोनों ही अथिराप्पिल्ली वाटरफॉल्स पहुँचते हैं जो शहर से बाहर हैं। कार पार्क कर दी गयी हैं. तरुण पानी की बोतल लेकर बाहर निकलता हैं। वह बड़े चाव से चारो और देखता और कुछ पानी पीता हैं। तब मिनाक्षी भी बाहर निकलती हैं और दरवाज़ा बंद कर देती हैं। तरुण पानी का बोतल सीट पर फेंकता हैं और दरवाज़ा बंद करता है। तरुण मिनाक्षी की ओर देखता हैं और मुस्कुराता हैं। वह अपनी दोनों आँखें झपकती हैं और मुस्कुराती हैं। फिर दोनों साथ ही झरनों की तरफ चलने लगते हैं। झरनों के करीब पहुँच कर पूरा नज़ारा देखते हैं, फिर दोनों एक अच्छी जगह देखकर बैठ जाते हैं।

मिनाक्षी: आपने अब तक बताया नहीं कि आपको कोच्ची कैसी लगी?

तरुण: ओह हो... यह तीसरी बार पूछ रही हैं, आज तो जवाब देना ही पड़ेगा।

मिनाक्षी: एक और बात बताईये, आप स्मोक क्यों करते हैं?

तरुण: हम्म्म... आप मुझे एक बात बताईये - पहले सवाल का जवाब पहले दूँ या दूसरे सवाल का जवाब पहले दूँ।

मिनाक्षी: दूसरे सवाल का जवाब पहले दीजिये, देट इस मोर इम्पोर्टेन्ट।

तरुण (थोड़ा रूककर): सच कहूँ, पता नहीं। शायद टेंशन मिटाने के लिए, शायद शांति के लिए...

मिनाक्षी: और मिल जाती हैं आपको शांति, मिट जाती हैं आपकी टेंशन। (तरुण मुस्कुरा देता हैं और झरनों की तरफ देखता हैं) हमें कभी समझ नहीं आया हैं कि आखिर क्यों अपने आपको इस तरह बर्बाद करते हैं। भई वैसे भी इतना पॉल्यूशन हैं, और आप अपनी तरफ से भी कोई कसर नहीं छोड़ते हैं।

तरुण अब चुपचाप बहते पानी की तरफ नज़र गड़ाए किसी सोच में डूब जाता हैं।

मिनाक्षी: और बताईये, हम लेडीज अपने टेंशन को मिटाने के लिए क्या करें? स्मोक करें, ड्रिंक करें?

तरुण मिनाक्षी की तरफ देखता हैं और बस मुस्कुरा देता हैं। वह फिर से दूर देखता हैं और कुछ जवाब नहीं देता हैं।

मिनाक्षी: ऐसी आदतें बनाये ही क्यों जो इंसान को अपाहिज बना दे। आई डोंट कॉल इट एडिक्शन, थिस इस स्लेवरी।

तरुण सुनता तो हैं लेकिन कोई प्रतिक्रिया नहीं करता हैं। वह एक बार मिनाक्षी की तरफ देखता हैं, और फिर से झरनों को देख के जैसे उनमे लीन हो जाता हैं।

मिनाक्षी: सुनिए, हम आपसे कह रहे हैं, बहते पानी से नहीं।

तरुण: आप सोचना कम कीजिये। आप भी गज़ब करती हैं, मैं आपको यहां रिलैक्स करने लाया हूँ, और आप यह क्या लेकर बैठ गयी।

मिनाक्षी: ओके तरुणजी. शायद आपको बुरा लगा। बट आई मस्ट से, आई कांट स्टैंड स्मोकिंग.... एंड स्मोकर्स अस वेल। चलिए, छोड़ देते हैं।

तरुण (बस कंधे हिला देता हैं और कुछ नहीं कहता - रूककर): तो अब आपका पहला सवाल और मेरा जवाब। यस, कोच्ची इस ब्यूटीफुल, भई पूरी केरला ही ब्यूटीफुल हैं एंड वैरी ग्रीन आल्सो। कोई सौ साल पहले तो और खूबसूरत रही होगी। अफ़सोस, के पहले क्यों नहीं आया यहां!

मिनाक्षी की तरफ देखता हैं। ख़ामोशी....

तरुण: आपको एक बात बताऊँ, काश - इंसान हमेशा इंसान ही बना रहे, और प्रकृति को भी प्रकृति ही बनी रहने दे तो दुनिया कितनी खूबसूरत होती। यह झरने, नदिया, बादल, और पंछी, सब हमेशा ऐसे ही रहे... आपका क्या ख्याल हैं....

मिनाक्षी: हम्म! इस दौड़ भाग में हमने ज़्यादा ध्यान नहीं दिया।

तरुण: आप जिसे दौड़ भाग कह रहीं हैं न, यह एक तरह की एस्केपिसम हैं। नेगटिविटीस से बचने के बहाने इतनी सारी पाजिटिविटी गवां देते हैं और सारा कुसूर हालातों पर धर देते हैं। अब आप ही बताईये, कल आपका हाल क्या से क्या हो गया था?

मिनाक्षी: कुछ बातें हैं जो हम याद नहीं करना चाहते हैं।

तरुण: कल जैसी कुछ बातें होती ही इसलिए हैं कि आप बहुत ज़्यादा वल्नरेबल हैं। आप आसानी से हार मान लेती है।

मिनाक्षी: तो हम क्या करें, हमसे सबको जवाब देते नहीं बनता हैं।

तरुण: किसने कहा आप हर किसी को जवाब दे। रिमेम्बर, बी इम्यून टू एवरीथिंग एंड एवरीबॉडी अराउंड यू। जैसे आप पर किसी भी बात का कोई असर ही नहीं हो रहा हो। रिलैक्स, इसीलिए आज आपको यहां लाया हूँ।

दोनों ही एक दुसरे को देखते हैं और कुछ और आगे बढ़ते हैं।

तरुण: तो अब चले...

मिनाक्षी: श्योर। वैसे एक बात हैं। मोबाइल फ़ोन का न होना भी कितना अच्छा हैं, हैं न....

तरुण सर हिला देता हैं।

वापसी में तरुण कुछ जल्दी से चलकर आगे बढ़ता हैं और चारों तरफ के नज़ारों का लुत्फ़ उठता हैं। कुछ समय बाद वह मुड़ता हैं तो मिनाक्षी को एक चट्टान के सहारे बैठे सांस खींचते देखता है। मिनाक्षी बड़ी घबराई सी दिखती हैं।

तरुण उसके पास दौड़ता हुआ पहुँचता हैं।

तरुण: क्या हुआ, आप ठीक तो हैं?

मिनाक्षी: याह, आई ऍम ओके। बस थक गए हैं।

तरुण: ठीक हैं आराम कीजिये, मैं पानी लेकर आता हूँ।

वह उठता हैं और फूर्ति से भाग कर कार से पानी की बोतल लाकर उसे देता हैं। वह पानी पीती हैं और कुछ देर आराम करती है। फिर धीरे से उठकर चलके कार तक पहुँचते हैं। दोनों कार में बैठते हैं और रवाना होते हैं।

तरुण: हॉस्पिटल चले, एक चेकप कर लेते हैं।

मिनाक्षी: नहीं नहीं, अब हम बिलकुल ठीक हैं।

तरुण: आर यू अब्सॉल्युटली श्योर आपको हॉस्पिटल नहीं जाना हैं?

मिनाक्षी: जी बिलकुल। बस थक गए हैं। ठीक हो जाएगा। कोविड के बाद से वाकिंग छूट गयी। फिर शुरू करने जैसा कभी मन ही नहीं हुआ।

तरुण: आपका स्टैमिना लेवल बिलकुल डाउन हैं। मेरी मानिये, सुबह उठकर वाकिंग, जॉगिंग वगैरह किया कीजिये।

मिनाक्षी: अरे, नहीं नहीं, हमसे यह सब नहीं होगा।

तरुण: नहीं, नहीं। इसमें कोई एक्स्ट्रा एफर्ट नहीं लगता हैं। आप शुरू तो कीजिये, फिट रहना तो आजकल बहुत ज़रूरी हैं। थोड़ा टाइम इन्वेस्ट करना पड़ता हैं। बस और कुछ नहीं। एक स्टार्ट मिल जाए, फिर आप कभी अपने वर्कऑउट्स स्किप नहीं करेंगी - मैं गारंटी देता हूँ।

मिनाक्षी: ओह माय गॉड! हम और एक्सरसाइज - तरुणजी, यह सब डिप्रेसिंग लगता हैं हमें!

तरुण: मीनाक्षीजी, मज़ाक मत समझिये, फिटनेस ज़रूरी हैं। आप जानती हैं, आप अपने बेटे को विरासत में अपनी अच्छी तंदुरुस्ती दीजिये, यही उसके लिए सबसे बड़ा तोहफा होगा।

मिनाक्षी तरुण की तरफ बड़े मासूमियत से देखती हैं और मुस्कुरा देती हैं। फिर दोनों ही कुछ क्षण के लिए शांत हो जाते हैं, गाडी भागती जा रही हैं। मिनाक्षी बड़ी ही गहन चिंता में नज़र आती हैं। अचानक वह बोल उठती हैं।

मिनाक्षी: तरुणजी, एक बात कहे। हमें आपकी एक मदद चाहिये।

तरुण: हाँ हाँ, कहिये।

मिनाक्षी: अगर कल आप फ्री हैं तो हम दोनों हमारे मम्मा के पास जाएंगे। और भी रिश्तेदारों के पास जाएंगे। (रूककर) आई विल बी यूसिंग यू फॉर माय बेनिफिट!

तरुण मिनाक्षी को घूर कर देखता हैं, यह समझने के लिए कि वो क्या कहना चाह रही है। फिर नज़र हटाता हैं, और कुछ पल के बाद फिर सोचता हुए उससे पूछता हैं: मैं समझा नहीं। मुझे क्या करना होगा?

मिनाक्षी: आप बस हमारे साथ चलिए। आपको कुछ भी नहीं करना हैं। जो करना हैं, हम कर लेंगे।

13

अगले दिन दोनों मिनाक्षी के पापा के घर पहुँचते हैं। मिनाक्षी तरुण को सबसे मिलवाती हैं।

मिनाक्षी: पापा, मम्मा, यह हैं तरुणजी, माय फ्रेंड। दादीजी, मिलिए मेरे दोस्त हैं। तरुण नाम हैं इनका।

पापा तरुण से हाथ मिलाते हैं। मम्मा से नमस्ते करते हैं।

दादीजी: क्यों बेटा, नौकरी वगैरह करते हो।

मिनाक्षी: दादी, यह बैंक में हैं पापा की तरह।

दादीजी: चलो, तब तो गुज़ारा हो ही जाता होगा न।

तरुण मुस्कुराते हुए: जी, दादीमाँ।

पापा: बैठिये तरुणजी। किस सेक्शन में हैं आप?

तरुण: सर, मैं एडवांसेज में हूँ। आप RBI में थे न, मीनाक्षीजी ने बताया था।

उनमे बातों का दौर चल पड़ता हैं।

मिनाक्षी और उसकी माँ किचेन में चाय और स्नैक्स बनाने में जुटे हुए हैं।

माँ: यह कौन हैं, कभी पहले देखा भी नही और न ही सुना हैं।

मिनाक्षी: नए दोस्त हैं। आपको याद होगा, मार्च में हम हैदराबाद गए थे एक ट्रेनिंग में। वही मुलाक़ात हुई।

माँ: तो कोच्ची में कैसे?

मिनाक्षी: मम्मा, ट्रांसफर हुआ हैं उनका। उनके लिए नयी जगह हैं। बस हमें ही जानते हैं। और आप यह क्या वकीलों की तरह पूछ रही हैं?

माँ: तुम वहां अकेली रहती हो, मुझे फ़िक्र तो रहेगी न। कितनी बार कहा यहां आ जा, लेकिन तू बहुत बदल गयी हैं, मेरा कहा मानती ही नहीं हैं अब।

मिनाक्षी: मम्मा, वह घर हमारी दुनिया हैं। वहां नंदू के पापा हमारे साथ रहते हैं। (कुछ देर रूककर) आप क्यों फ़िक्र करती हैं?

माँ: क्या बच्चों जैसी बातें करती हैं? फ़िक्र तो रहेगी न। नंदू साथ था तो अलग बात थी, अब तू अकेली हैं वहाँ। (रूककर कुछ याद करते हुए) अच्छा सुन, अगले रविवार श्रुति के होने वाले ससुराल जा रहे हैं हम लड़की वाले - उनका घर देखने। तुम शनिवार को ही आ जाना। फिर सोमवार को चली जाना।

मिनाक्षी: मॉम, आप मुझे न, इन सब बातों में मत डाला करो।

मॉम: अरे, रिश्तेदारी हैं। निभाओगी नहीं तो नंदू को क्या सिखाऊंगी।

मिनाक्षी: मम्मी प्लीज। मुझे यह सब नहीं पसंद। फिर लोग यह पूछेंगे, वह कहेंगे - बेचारी मिन्नू.. (रूककर)... माँ, जब कोई मुझे बेचारी कहता हैं तो बहुत दिक्कत होती हैं।

मॉम: फिक्र रहती हैं सबको, इसलिए न पगली...

मिनाक्षी: मॉम, वैसे भी हम अगले सैटरडे कोयम्बटूर जा रहे हैं।

मॉम: अब यह क्या नया चैप्टर हैं?

मिनाक्षी: हम ईशा फाउंडेशन जा रहे हैं, वन डे कैंप हैं।

मॉम: ईशा - सद्गुरु????

मिनाक्षी: जी। हमने कोच्ची में एक ग्रुप ज्वाइन किया हैं। नेक्स्ट सैटरडे कैंप हैं। सुबह 6 बजे कोच्ची वाइट्टीला हब से ग्रुप रवाना होगी और रात 2 बजे वापस पहुंचेंगे।

मॉम: बेटा, तुझे यह क्या हो गया हैं? यह क्या क्या कर रही हैं तू?

मिनाक्षी: मॉम, क्या आप भी? मैं सन्यास तो नहीं ले रही हूँ न!

मॉम: लेकिन यह सब तो बिलकुल....

मिनाक्षी: मां, याद हैं तुम कहा करती थी - मिन्नू, जीत या हार की परवाह मत करना, बस जी जान जुटाकर हर जंग लड़ना। माँ, अब मेरी ज़िन्दगी एक जंग ही हैं, जो मुझे लड़नी हैं। (रूककर) प्लीज् माँ, मुझे मेरे हिसाब से जी लेने दो। किसी को परेशां तो नहीं कर रही हूँ न। (रूककर) सुनो मम्मा, मैं खुद को ढूंढ़ने की कोशिश कर रही हूँ। मेरे बचपन की तरह मेरी ताक़त बनो माँ, मेरे पैरों की बेड़ियाँ नहीं. प्लीज्।

माँ: बेटा, नंदू तेरे साथ था तो इतनी चिंता नहीं रहती थी।

मिनाक्षी: मां, मां... उसकी भी अपनी ज़िन्दगी हैं। मैं उसे बांटना नहीं चाहती हूँ।

माँ: यह सब क्या सोच रही हैं तू मेरी बच्ची। बेटा हैं वह तेरा।

मिनाक्षी: मां, हम बहुत अच्छे से मैनेज कर रहे हैं। और अब हमें भी तो आदत डालनी हैं न अकेले जीने की। (माँ को आगोश में ले लेती हैं) चलिए।

मिनाक्षी चाय के प्यालों वाली ट्रे लेकर किचेन से निकलती हैं।

माँ की आँखों में आंसू झलक पड़ते हैं: हे इश्वर, मेरी बच्ची ने हमेशा मेरा कहना माना हैं। काश, तूने मेरी ज़िद से पहले उसकी ज़िद मान ली होती, उसकी ख़ुशी देखकर ही मैं खुश हो लेती, इस तरह उसके दुःख पर दुखी नहीं होती।

मिनाक्षी ट्रे लेकर पहुँचती हैं।

तरुण: आपने नाबार्ड ऑप्ट नहीं किया?

पापा: नहीं। वेल, ऐसा कोई कारण नहीं कि क्यों नहीं। मध्य प्रदेश में मैं ज़्यादातर RPCD में ही था। ग्रास रुट लेवल में काम करने का मज़ा ही कुछ और हैं।

मिनाक्षी: माय डिअर बैंकर्स, नो पर्सनल टॉक्स प्लीस...

वह ट्रे ध्यान से टेबल पर रखती हैं।

मिनाक्षी ज़ोर से पुकारती हैं: माँ...

किचन में, माँ आंसू पोछती हैं और स्वाभाविक दिखने की कोशिश करती हैं।

मिनाक्षी: मां, क्या हुआ, कहाँ हो आप? आल आर वेटिंग।

माँ: आयी आयी। (माँ स्नैक्स से भरा ट्रे लेकर उनके पास पहुँचती हैं।)

दोनों माँ बेटी सबको चाय और नाश्ता परोसते है। सब आपस में बातों में मशगूल है।

कुछ क्षणो के पश्चात् मीनाक्षी और तरुण जाने को उठते हैं।

मां: मिन्नू, तुम मासी के पास भी जाओगी न।

मिनाक्षी: जी मम्मा, उनके पास तो जाना ही हैं। अच्छा, बाय माँ, बाय पापा। दादी, फिर आएंगे।

दादी (तरुण से): बेटा, आप भी आना, अच्छा।

.._..

दोनों ही मीनाक्षी के मासी के घर पहुँचते हैं।

तरुण बहुत ही अजीब सा महसूस करता हैं और यह उसके चेहरे पर बिलकुल साफ़ झलकता हैं।

मिनाक्षी: मासी, आप कैसी हैं। इनसे मिलिए, हमारे दोस्त हैं, तरुण सिन्हा।

तरुण: नमस्ते मासी।

मासी: नमस्ते बेटा। आप दोनों क्लासमेट्स थे?

मिनाक्षी: नहीं मासी। हमारी मुलाक़ात एक मीटिंग में हुई थी। अब इनका ट्रांसफर कोच्ची हो गया हैं। तब से हम काफी अच्छे दोस्त हैं।

मासी: अरे बच्चों, आप अंदर आईये। चाय लेंगे, या शिकंजी, जूस - कुछ बनाऊँ।

मिनाक्षी: नहीं मासी। मम्मा ने बहुत कुछ खिला पिला दिया। (तरुण की तरफ देखते हुए) आपको तो नहीं चाहिए न।

तरुण मिनाक्षी को घूर कर: नहीं, बिलकुल नहीं।

मासी: और नंदू कैसा हैं, बेटा?

मिनाक्षी: अच्छा हैं मासी।

तरुण: मीनाक्षीजी, मुझे लगता हैं हम लोगों को निकलना चाहिए।

मासी: अरे इतनी जल्दी। मिन्नू, कितने दिनों बाद तो आयी हो तुम, आराम से बैठो।

(तरुण से) बेटा, आपने फॅमिली को शिफ्ट कर लिया यहां?

मिनाक्षी: मासी, इनकी शादी नहीं हुई हैं। यह सिंगल हैं।

मासी (दोनों की तरफ अर्थपूर्ण निगाहों से देखते हुए): ओह। तो आज कैसे निकलना हुआ।

मिनाक्षी: यह केरला पहली बार आये हैं न, इसलिए घूमना चाहते थ। सोचा घुमा देते हैं। तरुणजी, चले? आपको शाम को चेन्नई के लिए निकलना हैं न। अच्छा, मासी। फिर मिलेंगे।

तरुण: नमस्ते मासीजी।

दोनों कार में सवार होते हैं और रवाना होते हैं। तरुण उखड़ा हुआ हैं। मिनाक्षी दुखी हैं और कुछ भी नहीं बोल रही है।

तरुण (गुस्से में): यह सब क्या हैं? मीनाक्षीजी, आप क्या क्या बोल रही थी?

मिनाक्षी: सबसे ज़्यादा तकलीफ मासी को थी, कुछ दिनों के लिए उन्हें आराम दिला दिया हैं, तंग नहीं करेंगी। (रूककर) वैसे होप, हमने आपको ऑफेंड नहीं किया।

तरुण: क्या मतलब?

मिनाक्षी: आपको पता हैं, हमारा नया नाम क्या हैं - प्रिविलेज्ड विडो! क्योंकि हमारी नौकरी हैं, घर हैं, लैंडेड प्रॉपर्टी हैं, बेटा हैं और वह भी बड़ा हो गया हैं। हम अपनी

मर्ज़ी से कुछ भी कर सकते हैं। किसी की रज़ामंदी नहीं चाहिए। कोई हमें रोकेगा नहीं, टोकेगा नहीं। बताईये, हैं न प्रिविलेजस का कारवां - और इन सबकी हमने जो कीमत चुकाई हैं वह भी आपको पता हैं न?? यह सब हमने सुना हैं। आप बताईये क्या कहें हम इन सबके लिए।

तरुण: आपको हर किसी के कहे का जवाब देना ज़रूरी नहीं। आप डिसाइड कीजिये आपको क्या करना हैं। बहुत हुआ तो बेटे से पूछिए। बस, इसके आगे कोई भी नहीं। कुछ भी नहीं। वैसे, मुझे यहां घुमाने का क्या सबब हैं? और यह चेन्नई इशू क्या हैं?

मिनाक्षी: यह जताने के लिए कि आप और हम बहुत इंटिमेट हैं, और अब किसी के लिए कोई स्कोप नहीं हैं। (रूककर) और हमारी हैं इसलिए नहीं कह रहे हैं, मासी काफी होशियार हैं।

तरुण: मैं एक बात कहूं। आप जहां नो बोलना चाहती हैं वहां नो बोलिये। अगर आपने यह सीखा नहीं हैं तो जल्दी ही सीख लीजिये।

मिनाक्षी: उम्र में बड़ी हैं, हर्ट फील करेंगी।

तरुण: तो अब क्या होगा। चार बातें ज़्यादा करेंगी, और वह बातें भी जो हैं ही नहीं। और आप किन किन के सवालों का जवाब देती फिरेंगी? कब तक देंगी?

मिनाक्षी: तरुणजी, हमें नहीं मालूम। बस इतना जानते हैं, जबसे अकेले रह गए हैं, सब अपनी अपनी राय मनवाने पर तुले हुए हैं। पहले तो एक ढाल जैसे हमारे चारो ओर पहरा रहता था। अब तो जैसे कोई भी आकर कुछ भी कह जाता हैं और हम सुनते रहते हैं। नहीं सुने

तो बहुत दिक्कत करते हैं। तब सोचा, यह तरीक़ा ठीक रहेगा।

तरुण: हम्म... वैसे, आपका मैं और मेरा मैं - ज़रूरी नहीं एक ही हो।

मिनाक्षी: क्या मतलब?

तरुण: मतलब हर किसी को बेनिफिट ऑफ़ डाऊट मिलनी चाहिए।

मीनाक्षी: आप किसकी बात कर रहे हैं?

तरुण: आपकी मासी की। चलिए, देखते हैं क्या होता हैं।

मिनाक्षी: होना क्या हैं। वह छक्कों पर छक्के मारेंगी।

तरुण: तो बाउंड्री पर तो आप और हम खड़े ही हैं न, कैच आउट कर लेंगे।

मिनाक्षी असमंजस में देखती हैं, तरुण हंस देता हैं और ड्राइव करके बढ़ जाते हैं....

14

तरुण का केबिन।

एन: सर, निधि मैडम ने आपको बुलाया हैं, शी हेस सम गेस्ट्स।

तरुण: गेस्ट्स!! (गुस्से में) तो अब मैं क्या... ओके, चलते हैं...

तरुण निधि के केबिन पर दस्तखत देकर अंदर दाखिल होता है। दो सज्जन सफ़ेद पारम्परिक केरला परिवेश धारण किये निधि के सामने वाली कुर्सियों पर बैठे थे। तरुण पहले उनकी तरफ फिर निधि की तरफ देखता हैं।

तरुण: मेडम, आपने मुझे बुलाया?

निधि: आओ तरुण, इनसे मिलो। एम्प्लाइज यूनियन के प्रेजिडेंट हैं।

तरुण: नमस्कार। तरुण सिन्हा...

नेता 1: नमस्ते। आप हमारे स्टेट में पहली बार आये हैं, आप तो हमारे ख़ास मेहमान हैं।

तरुण (बड़ी संशय दृष्टि से): थैंक यू।

नेता 2: आप नार्थ इंडियन हैं।

तरुण: जी?? मैं इंडियन हूँ, रिसाइडिंग इन नार्थ।

नेता 1: ए चुप। (तरुण की तरफ घूम कर) सर, आपको यहां कोई तकलीफ नहीं होगी, माय प्रॉमिस। आप इत्मीनान से यहां काम कर सकते हैं। वैसे हमने मेडम से अपनी एक डिमांड रखी हैं, आपसे वह डिसकस कर लेंगी। मेडम बड़ी समझदार हैं, और उम्मीद करते हैं आप भी मेडम की तरह समझदार हो। अच्छा मेडम, चलते हैं। फिर मिलेंगे।

(निधि को नमस्ते करते हैं और तरुण से हाथ मिला कर दोनों निकल जाते हैं।)

तरुण: मेडम, कौन हैं यह लोग?

निधि: तरुण बैठो। यह लोग एम्प्लाइज यूनियन से हैं। कुछ डिमांड्स हैं इनकी। तुमसे मुझे डिसकस करना हैं।

तरुण: एम्प्लाइज यूनियन तो ठीक हैं, लेकिन व्हाट आर वी टू डू?

निधि: कॉन्ट्रैक्ट स्टाफ की इश्यूज हैं। यह इश्यूज हमेशा ही परेशान करते हैं, और हम कुछ कर ही नहीं पाते।

तरुण: क्यों, कॉन्ट्रैक्ट स्टाफ के साथ क्या परेशानी हैं? और उनका एम्प्लाइज यूनियन से क्या लेना देना? यूनियन तो परमानेंट स्टाफ की हैं न!

निधि: अरे, यहां सब कुछ चलता हैं। नोटिफिकेशन करते ही रेकमेंडेशन्स शुरू हो जाते हैं, फिर नाम के लिए टेस्ट, इंटरव्यू वगैरह... परमानेंट स्टाफ से ज़्यादा दिक्कतें तो यह खड़ी करते हैं।

तरुण: मेडम, यह प्रोब्लेम्स तो सभी जगह हैं, इट्स देयर इन द सिस्टम।

निधि: नहीं, तरुण। यहां जेनरलाइस नहीं कर सकते हैं। तुम्हे धीरे धीरे सब समझ आने लगेगा।

तरुण: ओके मेडम, बता दीजियेगा क्या इश्यूज हैं। वी विल सॉर्ट थम आउट।

.._..

अगले दिन केबिन में तरुण बैठा हैं और कुछ फाइल्स पढ़ रहा हैं। 5 स्टाफ उसके सामने खड़े हैं।

तरुण: सो, आप सबने ज्वाइन कर लिया हैं। फॉर्मलिटीज पूरी हो गयी हैं, यह हैं आपकी जॉब डिस्क्रिप्शन। आप सभी अपने अपने सेक्शन में रिपोर्ट कीजिये। बेस्ट ऑफ़ लक।

सारे स्टाफ कमरे से बाहर चले जाते हैं। तरुण फिर से फाइलों में मशगूल हो जाता है।

.._..

उसी दिन, रात में। तरुण स्मोक करता हुआ कोई किताब पढता हैं। वह किताब बंद करके रख देता हैं और म्यूसिक सिस्टम चालू कर देता है।

नेपथ्य में एक ग़ज़ल ज़िंदा हो उठती हैं....

तुझको चाहा नहीं महसूस किया हैं मैंने...

आ किसी दिन मेरे एहसास को पैकर कर दे....

ए खुदा रेत के सेहरा को....

तरुण फिर एक सिगरेट जलाता हैं और लिखने बैठता हैं...

क्या सोचते रहे...
राह गुज़र गयी, मंज़िल लापता
फिर शुरू करने जैसी
चाहत लापता...

15

निधि का केबिन, तरुण दाखिल होता हैं।

निधि: तरुण, तुम्हारा रूटीन वर्क हो जाए तो मुझे ज़रा असिस्ट करना।

तरुण: क्या हुआ, एनी प्रॉब्लम?

निधि: कॉन्ट्रैक्ट स्टाफ ठीक से काम पर आते ही नहीं हैं। नए, पुराने - सब एक जैसे हैं। अब उनका अटेंडेंस री-इंस्टेट करने के लिए प्रेशर आया हैं।

तरुण: ऑफिस में तो कभी दिखाई देते ही नहीं हैं, फिर अटेंडेंस कैसी?

निधि: बस ऐसा ही हैं।

तरुण: आप एक काम कीजिये, ऑफिस आर्डर इशू कीजिये कि एस पर स्टाफ रेगुलेशंस, हर स्टाफ के लिए बायोमेट्रिक पंचिंग मैंडेटरी हैं, और फिजिकल अटेंडेंस रजिस्टर्स बंद कर दीजिये- विथ इमीडियेट इफ़ेक्ट. बस प्रॉब्लम सॉल्व हो जाएगी।

निधि: हम्म... देट इस गोइंग बाय द रूल्स। तुम जानते हो ऐसे करने भर से प्रॉब्लम सॉल्व नहीं होगी। और शायद सवाल भी उठेंगे...

तरुण: उठने दीजिये, मेडम। मैं तो चाहता भी वही हूँ। और जब उठेंगे, तब मैं देख लूँगा, आप बिलकुल फिक्र

मत कीजिये। वैसे मेडम, शेखर ने आपको यह इनविटेशन कार्ड देने को कहा हैं। उसके बेटी की शादी हैं इस महीने 31 तारीख को।

निधि: ओह, अच्छा। तो इसलिए तुमने लीव अप्लाई किया था। हम्म्म... मैंने सुना हैं कि तुम और शेखर बहुत क्लोज हो। ओके, कन्वे माय विशेस टू हिम एंड हिस डॉटर। मैं शेखर को कॉल कर लूंगी।

..–..

उसी दिन, शाम को।

मिनाक्षी एक अपैरल शॉप से कुछ कैज़ुअल्स खरीद रही है। तरुण उसी शॉप में आता हैं और काउंटर पर केरला साड़ी के लिए पूछता हैं।

मिनाक्षी की नज़र उस पर पड़ती हैं और वह तरुण के पास जाती हैं।

मीनाक्षी: तरुणजी, यहां? क्या लेंगे आप?

तरुण: ओह, आप! मैं मुंबई जा रहा हूँ, शेखर के बेटी की शादी हैं। सोचा भाभी के लिए केरला हैंडलूम साड़ी लेकर जाऊं।

मिनाक्षी: ओह गॉड! यहां से नहीं। एक काम करते हैं, यहां से रफा दफा होते हैं। बस, हम अभी आये।

मिनाक्षी काउंटर पर अपना बिल चुकाती हैं। फिर सारे बैग पकडे हुए तरुण के पास आती हैं और दोनों बाहर निकल जाते हैं।

दोनों एक हैंडलूम शोरूम में जाते हैं।

मिनाक्षी: तरुणजी, आपका बजट कितने का हैं?

तरुण: अरे, ऐसा कुछ मैंने सोचा नहीं हैं।

मीनसखी: ओके, बताईये, किस ओकेज़न केलिए ले रहे हैं - कुछ कैज़ुअल या थोड़ा गौड़ी?

तरुण: मीनाक्षीजी, एक साडी खरीदना इतना मुश्किल होता हैं क्या?

मीनाक्षीजी: आपने क्या सोचा, यह सब बिलकुल आसान हैं?

तरुण: आप बस अपने हिसाब से ले लीजिये।

मिनाक्षी (सेल्स वीमेन से): कसवु साड़ी, नालू विरल वीति, करयुं कसवुम कूड़ियातुम एडूतो. (वह दो तीन किस्मो की साड़ी दिखाने को कहती हैं।)

तरुण: आपने उनसे क्या कहा?

मिनाक्षी: यही, कि इनको साडी खरीदनी नहीं आती, तुम हमारा कमीशन भी मिला कर रेट बता देना।

तरुण: मीनाक्षीजी, थिस इस इनजस्टिस।

मीनाक्षी: आपके पास जब गाइड हाज़िर था तो आपने पहले बताया क्यों नहीं? (वह दोनों आँखें झपकती हैं और मुस्कुरा देती हैं।)

सेल्स विमेन कुछ साड़ियां लाकर दिखाती हैं। थोड़ी जांच पड़ताल के बाद दोनों दो तीन साड़ियों पर राज़ी हो जाते हैं। तरुण बिल चुकाता हैं और दोनों बाहर आ जाते हैं।

मिनाक्षी: सो मुंबई कितने दिन का प्लान हैं?

तरुण: हम्म! शादी 31 की हैं, विल रीच बैक ऑन 3rd मॉर्निंग। आप फ्री हैं, तो वी शॉल हेव सम कॉफ़ी टुगेदर।

मिनाक्षी: श्योर, विद प्लेशर।

वो कैफे पहुँचते हैं और आर्डर करते हैं।

तरुण: आप मुंबई गयी हैं?

मिनाक्षी: हम्म, पापा की पहली पोस्टिंग मुंबई की थी। हम तो रहे नहीं हैं, लेकिन वेकेशन्स पर पापा के फ्रेंड्स के पास जाते थे। मुंबई को लेकर पेरेंट्स बहुत नोस्टालजिक फील करते हैं, अभी भी...

तरुण: भाई, मुंबई जगह ही ऐसी हैं।

मिनाक्षी: अब तो आप ऑलमोस्ट हर स्टेट में रह चुके होंगे न।

तरुण: जी।

मिनाक्षी: चाइल्डिश सा सवाल हैं, फिर भी बताईये, आपको कौनसी जगह सबसे अच्छी लगी?

तरुण: ऑफ़ कोर्स मुंबई। मुंबई जैसी तो कुछ भी नहीं!

मिनाक्षी: हम्म! तरुणजी, एक सवाल पूछें, आप बुरा न मानियेगा।

तरुण: आप कभी कभी इतनी फॉर्मल क्यों हो जाती हैं?

मिनाक्षी (मुस्कुराकर): आपने म्यूजिक सीखा हैं, आई मीन सिंगिंग?

तरुण: आपको क्या लगता हैं?

मिनाक्षी: यू कुड बी ए वैरी गुड सिंगर। और आप लिखते हैं क्या, मुझे ऐसा लगा, इसीलिए पूछा।

तरुण यह सुनकर चकित हो जाता हैं और आश्चर्य से मिनाक्षी को देखता हैं।

तरुण: जी। कॉलेज तक तो सब चलता था। कोई भी कॉम्पिटिटर रहता नहीं था, इसीलिए हमेशा स्टेज और

स्पोर्ट्स फील्ड मेरे ही हाथ में होती थी। अब तो बस यादें हैं।

मिनाक्षी: आप लिखा कीजिये, आपके सोच हमें सोचने पर मजबूर कर देते हैं। बस थोड़ा सा मेथॉडिकल होना चाहिए। कोशिश ज़रूर कीजिये।

तरुण: आपने कहा हैं तो ज़रूर कोशिश करेंगे। अच्छा मेडम, थैंक यू फॉर योर कंपनी एंड एक्सपर्ट एडवाइस (साड़ियों वाले शॉपिंग बैग्स दिखाता हैं।)

मिनाक्षी: माय प्लेशर, सर।

.._..

रात में तरुण अपनी टेबल पर बैठा हैं - लिखता हैं, दोहराता हैं...

हमदम हरकदम हमकदम..

अब बस तुम ही तुम, और हम ही हम....

16

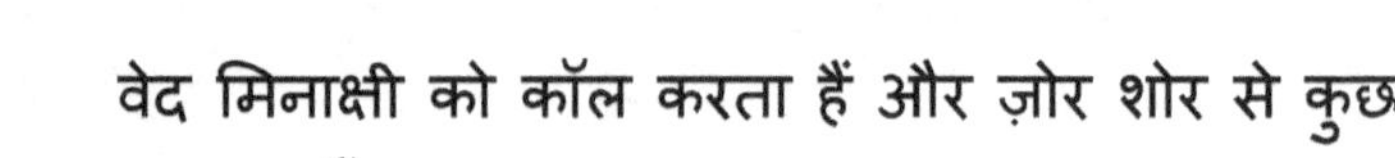

वेद मिनाक्षी को कॉल करता हैं और ज़ोर शोर से कुछ प्लान करता हैं।

मिनाक्षी: हाँ, मेरा मन तो हैं कि एक विजिट करू। प्लान करती हूँ और बताती हूँ।

वेद: मिन्नू, तुम मुझे अभी ही प्लान बताओ। कितने दिन रुकोगी और कहाँ कहाँ जाना हैं। बस बाकी हम पर छोड़ दो।

मिनाक्षी: अच्छा सुनो, पूनम से भी पूछती हूँ। उसके हिसाब से मैं प्लान करती हूँ और बताती हूँ।

वेद (झुंझलाकर): मिन्नू, तुम न, बड़ी आलसी हो। आज मेरी पूनम से बात हुई थी। कल शाम को तो वह फार्म से आयी। और आज सुबह से ही अपने नए फ्लैट की इंटीरियर्स के पीछे लगी हुई हैं। यार, अब तो कुछ सीखो उस से। और तुम हो ज़रा मोबाइल पर फ्लाइट टिकट बुक करने में भी इतने नखरे।

मिनाक्षी: बस, बस बस। कुछ कह नहीं रही हूँ तो इसका मतलब यह नहीं के जो मन में आये बोलने लगोगे। सोचने दो, बताती हूँ।

वेद: ठीक हैं। मिन्नू, मैं इसलिए ज़िद कर रहा था क्योंकि हम सब वहाँ तुमसे मिलने आये, यह प्रैक्टिकल नहीं हैं। फिर सब हो जाने के बाद तो.... (रूककर)... तुम यहां आ जाओ, सब मिलना चाहते हैं।

मिनाक्षी: जानती हूँ। वेद. मैं भी कुछ दिनों के लिए एक चेंज चाहती हूँ। जल्दी ही बताती हूँ, ठीक हैं। बाय।

17

तरुण का मोबाइल बजता हैं।

तरुण (फ़ोन में देखता हैं, नंबर पहचाना सा नहीं हैं। कुछ सोचता हैं, फिर उठा लेता हैं, लेकिन कुछ नहीं बोलता हैं।)

दूसरी तरफ से आवाज़ आती हैं: कैप्टेन तरुण सिन्हा.....

तरुण (खूब सोच कर, आश्चर्य के साथ): रानी लक्ष्मी बाई....

फोन के दूसरी तरफ: हाँ, तरुण, तो तुम मुझे भूले नहीं! अच्छा लगा तुमने मुझे पहचाना तो सही!

तरुण: अरे, श्रेया... क्या बात हैं यार। तुम्हारे सिवा हैं किसी में इतनी हिम्मत जो मुझे कैप्टेन तरुण सिन्हा कहे!! अच्छा बताओ तुम, इतने सालों बाद....

श्रेया: भई तुम तो कॉल करोगे नहीं। किसी से कोई कांटेक्ट नहीं, कोई सोशल मीडिया नहीं। कहीं आना नहीं, जाना नहीं, मिलना नहीं।

तरुण: अरे, छोड़ो भी। बताओ, सब कैसा चल रहा हैं।

श्रेया: शेखर से तुम्हारा नंबर लिया और शेखर से यह भी कहा कि पहले तरुण को मैं बुलाऊंगी फिर वह बुलाये।

तरुण हंस देता हैं: यह सब क्या फॉर्मेलिटी हैं!!

श्रेया: कोई फॉर्मेलिटी नहीं हैं तरुण। मुंबई में हम लोग शेखर के अलावा किसी को नहीं जानते। अब तुम भी वहाँ नहीं हो। हम तो कुछ दिन पहले ही मुंबई चले जाएंगे।

तरुण: अरे, तुम बिलकुल फिक्र मत करो। अपनी बैच का जुनैद हैं अभी मुंबई में। वह तो अकेला ही काफी हैं। फिर मैं पहुँच जाऊंगा कुछ दिनों पहले ही। मुझे सब पता हैं श्रेया, सब मिलकर मैनेज कर लेंगे।

श्रेया: मैं जानती हूँ तुम्हे सब पता हैं। फिर भी मेरा फ़र्ज़ बनता हैं कि मैं तुम्हे फॉर्मली इन्वाइट करूँ। तो सुनो, मेरे दीदी के बेटे की शादी हैं मई 31 को। दुल्हन अपने शेखर की बेटी इशिता। और तुम्हे शादी में आना हैं, और तुम्हे दूल्हे की बरात में आना हैं और तुम्हे बरात में नाचना भी हैं - वही अपने पुराने कॉलेज डे वाला डांस।

तरुण: ओह गॉड! श्रेया, सांस तो लो ज़रा। मैं आऊंगा ज़रूर। शेखर के पास कुछ दिन पहले ही पहुँच जाऊंगा। और सुनो मैं दुल्हन का चाचा हूँ, बारातियों का स्वागत करूंगा।

श्रेया: तुम बाराती बनो या दुल्हन के चाचा, मुझे तो तुम्हारा वह पुराना वाला डांस चाहिए। तुम यहाँ आ तो जाओ, बाकि मैं तुम्हे नचवा दूँगी।

तरुण: अरे, अब इस उम्र में डांस। नहीं भई, तुम मेरा नहीं तो कम से कम मेहमानो का तो ख्याल करो!!!

श्रेया: कैप्टेन तरुण सिन्हा, मैं तुम्हे बचपन से जानती हूँ, अच्छे डांसर हो! अब तुम न, इतनी जी हुज़ूरी मत

करवाओ। बस एक बार इधर पहुंचो तो, बाकी इंतज़ाम मैं देख लूंगी।

तरुण खूब खिल कर हँसता हैं: भाई वाह, बड़ा अनोखा तरीका हैं शादी में बुलाने का। ओके, हैंड्स अप, एग्रीड रानीजी।

18

मुंबई, 29/05/2022.

तरुण दूल्हे के घर पहुँचता हैं। कई लोग कुछ न कुछ काम में व्यस्त हैं। श्रेया साड़ियां लेकर बाहर आती हैं तो उसकी नज़ए तरुण पर पड़ती हैं। वह उसके तरफ भागती हैं।

श्रेया: तरुण, कैसे हो भई! तुम कितने बदल गए हो, माय गॉड! कही और मिलते तो शायद मैं पहचान भी नहीं पाती।

तरुण: लेकिन तुम बिलकुल वैसी ही हो। कहीं भी मिलती तो मैं फ़ौरन पहचान लेता।

श्रेया: कितने सालों बाद मिले हो। कितनी बातें करनी हैं तुमसे।

तरुण: क्यों रानी, अपने महाराजा से नहीं मिलवाओगी?

श्रेया: अरे हाँ। गोविन्द, सुनिए तो। देखिये कौन हैं यह, चलिए पहचानिये।

गोविन्द: सॉरी बॉस। तुम ही बताओ।

श्रेया: तरुण हैं यह, याद आया आपको।

गोविन्द: ओके, कैप्टेन तरुण सिन्हा, ऐस डांसर!! अरे, तुम खड़ी खड़ी बातें ही करोगी। कुछ नाश्ता वगैरह कराओ यार।

तरुण: नहीं, श्रेया। अभी शेखर के घर से बहुत कुछ खा लिया हैं।

गोविन्द: तरुण, प्लीस मेक योरसेल्फ कम्फर्टेबल। श्रेया, मैं लालजी के पास जा रहा हूँ। कुछ ज़रुरत हो तो कॉल करना।

गोविन्द चला जाता हैं। तरुण और श्रेया बगल में पड़ी कुर्सियों पर बैठ जाते हैं।

श्रेया: और तुम तो बस देश भर में उड़ते फिर रहे हो।

तरुण: एक्चुअली, आई ऍम एंजोयिंग माय डेज।

श्रेया: तरुण, अकेले ही। यह सब क्या हैं। थोड़ा हटकर सोच लेते तुम।

तरुण: श्रेया, नो। बीती बातें कुछ भी नहीं। वी हॅव बेटर थिंग्स टू डू।

श्रेया: नहीं तरुण, बात को मत टालो। तुम तो किसी को पकड़ देते ही नहीं, हम सब करे भी तो क्या करे। जो हुआ सो हुआ, अब भी वक़्त हैं, ज़रा सोचो।

तरुण (बहुत ही चुनचुनकर कहता हैं): सुनो, मैं यहां एक मक़सद से आया हूँ। एंड लेट मी फिनिश माय वर्क एलिगंटली। और कुछ मत बोलना, नहीं तो फिर मेरा जवाब भी तुम्हे सुनना पड़ेगा। हम्म??

उसी वक़्त शेखर दाख़िल होता है।

शेखर: तरुण, तू कब से आया हैं यहां। श्रेया, प्लीज तुम इसे छोड़ो। तरुण, तू चल, बहुत काम बाकी हैं।

श्रेया: शेखर, कूल डाउन। तू इतना टेन्स मत हो। रात में जुनैद भी आ जाएगा। और हम सब तो हैं न।

शेखर: श्रेया, सब कैसे होगा, पता नहीं। और तुमने इस तरुण को अपने घर पर तैनात कर लिया। तरुण, चल तू मेरे ही साथ चल।

तरुण: हाँ हाँ, चलते हैं। परेशान न हो। ओके श्रेया, सी यू...

दोनों चले जाते हैं।

.._..

वेडिंग डे। सभी बहुत मशगूल हैं। आशा तरुण से कुछ कह रही हैं। शेखर के कई कलीग और कुछ दोस्त भी बड़े ही ख़ुशी से बातों में मशगूल हैं।

आशा: तरुण, कैसा हैं कोच्ची ऑफिस?

तरुण: अच्छा ही हैं। एस यूज़ुअल!

आशा: निधि ने कल कॉल किया था। कह रही थी - तरुण इस ए हार्ड नट टू क्रैक।

तरुण: हम्म. मेडम, वहां कुछ छुपा छुपा सा लगता हैं। ट्रांसपेरेंसी नहीं हैं। कभी लगता हैं, वी आर नॉट वर्किंग एस ए सिंगल यूनिट ओर ए टीम। कभी लगता हैं, मैनेजमेंट की वर्किंग डिरेक्टेड नहीं हैं। मैं किसी को पर्सनली कुछ नहीं कहूंगा, लेकिन निधि मेडम चाहे तो स्ट्रीमलाईनिंग हो सकती हैं।

आशा: हम्म। डिपेंडस। मैं ज़्यादा कुछ नहीं कह सकती। वी हेड डिफरेंट स्कूल्ज ऑफ़ थॉट्स फ्रॉम द वैरी बिगनिंग इटसेल्फ. खैर छोड़ो। वापस कब जा रहे हो?

तरुण: मेडम, मैं सिर्फ अपने काम से मतलब रखता हूँ, नथिंग बियॉन्ड देट - और यह आपसे अच्छा कोई नहीं

जानता। हाँ, मैं 3rd को जा रहा हूँ। मेडम, आप फॅमिली के साथ आईये घूमने, अच्छी जगह हैं।

आशा: क्या बात हैं, अब यह न कहना कि तुम वहां बसने वाले हो।

तरुण: नहीं मेडम, ऐसी बात नहीं हैं। बस मुंबई की तरह, मुझे कोच्ची भी अब पसंद आने लगी हैं।

इतने में श्रेया भाग कर आती हैं और आशा और तरुण के पास पहुँचती हैं। श्रेया तरुण से डांस करने का आग्रह करती हैं। बारात भी धीरे धीरे आती हुई नज़र आती हैं और फिर तरुण बहुत मनाने पर उनके साथ नाचने लगता हैं।

देर तक गाने और नाचने का दौर चलता है। सभी बहुत खुश और मसरूफ होकर डांस कर रहे हैं। और एक के बाद एक शादी की रस्मे भी अंजाम पा लेते हैं।

19

तरुण वापस ऑफिस पहुँचता हैं और शेखर का दिया मिठाई का पैकेट निधि को सौंपता हैं।

तरुण: मेडम, आपके लिए शेखर ने भिजवाई हैं।

निधि: थैंक्स तरुण। सब कैसा रहा?

तरुण: एवरीथिंग वेंट ऑफ वेल, मेडम। आप सुनाईये, यहां सब कैसा चल रहा हैं।

निधि: आई नीड टू टॉक टू यू अर्जेण्टली। मैंने कहा था न, कॉन्ट्रैक्ट स्टाफ का किस्सा। मैंने फाइल ड्राफ्ट कर दी हैं, तुम दस्तखत कर के मुझे फॉरवर्ड कर देना। बाकी मैं देख लूंगी।

तरुण: आपने ड्राफ्ट की, क्यों??

निधि: कुछ पॉइंट्स मैंने इनकॉरपोरेट कर दिए हैं, फाइल सैंक्शन हो जायेगी।

तरुण (बड़ी गंभीरता से): क्या मैं ड्राफ्ट देख सकता हूँ?

निधि: श्योर, तुम्हे भी तो साइन करनी हैं।

तरुण पूरी ड्राफ्ट ध्यान से पढता हैं और उसकी बौहें खिंच जाती हैं।

तरुण: सॉरी मेडम, इसपर मैं साइन नहीं करूंगा। आप यह ड्राफ्ट हटा दीजिये। मैं ड्राफ्ट करूंगा और साइन करके

आपको पुट अप करूंगा, तब आप फाइल अपने कमैंट्स के साथ फॉरवर्ड कर दीजिये।

निधि: देखो, तुम इस वक़्त ऑब्जेक्ट मत करो, इस केस को किसी न किसी तरह सॉल्व करना हैं। और इस से अच्छा तरीका और नहीं हैं।

तरुण: मैंने आपको बताया था न, इस मसले को हल करने का एक सीधा सा, आसान तरीका। आपने नहीं माना। मैंने उसी वक़्त एक और बात कही थी - सवाल उठने दीजिये, देखी जायेगी। अब मैं देखूँगा, जवाब क्या देना हैं, आप बिलकुल फ़िक्र मत कीजिये (वह निधि को सुरक्षित रखना चाहता हैं।)

अचानक निधि बहुत ज़्यादा भड़क जाती हैं।

निधि: तरुण, तुम्हे समझ में क्यों नहीं आती, इस केस को तुम छोड़ दो। यह तुम्हारे, मेरे बस की बात नहीं हैं। जैसा मैं कह रही हूँ, वैसा क्यों नहीं करते हो। आखिर तुम्हारी प्रॉब्लम क्या हैं?

तरुण: मेडम! मेरी प्रॉब्लम यह हैं कि मैं अपने टर्म्स पर जीता हूँ, औरो के टर्म्स पर नहीं। सॉरी, मैं अपने ड्राफ्ट पर साइन करूंगा, किसी और की लिखी डॉक्यूमेंट पर नहीं।

निधि: तुम्हे पता है, तुम्हारे इस इनसबोर्डिनेशन पर मैं एक्शन ले सकती हूँ। तुम्हारी कंप्लेंट हेड ऑफिस तक जा सकती हैं।

तरुण: कहाँ???

निधि: हेड ऑफिस - मुंबई।

तरुण: मैडम, शायद आप एक बात भूल रही हैं - आई बिलोंग टू मुंबई। मेरे खिलाफ कंप्लेंट वहां पहुँचने से पहले,

इस केस पर इंक्वायरी यहां पहुँच जायेगी। फिर आगे क्या होगा, आप जानती हैं।

निधि: तुम मुझे धमकी दे रहे हो?

तरुण: बिलकुल नहीं। आपको धमकाने की तो ज़रुरत हैं ही नहीं, आप तो खुद डर के कांप रही हैं। आप ऐसा कीजिये, यह फाइल अपने आप ही प्रेजेंट कर दीजिये, विथाउट माय नोट। मैं इसपर साइन करने वाला नहीं। जो होना हैं, होने दीजिये।

तरुण निधि के केबिन से निकल जाता हैं। वह अपने केबिन की तरफ चलता हैं तब रवि उसे देखकर हाथ हिलाकर अभिवादन करता है। तरुण रुक जाता हैं और रवि की तरफ देखता हैं।

रवि: सुनो, एक बात कहनी थी। आओ तो।

रवि अपने केबिन में दाखिल होता हैं और तरुण उसके पीछे अंदर आ जाता हैं। रवि तरुण को स्वीट ऑफर करता हैं, जो वह मना कर देता हैं।

रवि: बैठो यार। तुम्हारा यह डेली वेजर्स को लेकर क्या इशू हैं? मामला संगीन होता जा रहा हैं।

तरुण: क्या इशू हैं?

रवि: सारे डेली वेजर्स भड़के हुए हैं, और तीन तो मेरे साथ हैं। यार, मेरा काम रुक गया हैं।

तरुण: मैं कुछ नहीं कर सकता हूँ। तुम तो सारा किस्सा जानते हो न।

रवि: तरुण, यहां ऐसा ही हैं। एक्सेप्ट करने के सिवा कोई चारा नहीं।

तरुण: मुझे किसी से कोई मतलब नहीं हैं। स्टाफ रूल्स बनाये गए हैं, बस उनके मुताबिक़ काम चलना चाहिए। किसी को आपत्ति हैं तो फोर्मली चैलेंज करे, बाकि मैं देख लूँगा।

रवि: यह सब शुरूआती हौसला हैं, तुम भी सीख लोगे।

तरुण: सुनो! जिस राह चल कर यहां तक पहुंचे हैं, उसकी धूल पैरों में हमेशा रहेगी। अगर धोने से चली जाये, तो समझ लेना आदमी राह भटक गया। रवि, आई गो बाय द बुक्स।

तरुण बक्से में से एक स्वीट उठाता हैं और रवि को देखकर मुस्कुराता हैं।

तरुण: थैंक यू फॉर द स्वीट्स।

वह अपने हाथ में स्वीट दिखाता हैं, फिर एक टुकड़ा काट कर हाथ उठाता हैं जैसे टोस्ट कर रहा हो। फिर मुस्कुराता हुआ बाहर निकल जाता हैं, रवि ऐसे बैठा रह जाता हैं जैसे अभी अभी उसपर बिजली कड़की हो। इतने में तीन डेली वेजर अंदर आते हैं और उसके सामने बैठ जाते हैं।

एक ने कहा: क्या कहा सिन्हा ने?

रवि: बारिश से बचने के लिए जब हम सब छतरी लगा के निकलते हैं न, उसी बारिश में बिना छतरी के यह आदमी बूंदों के बीच से सूखा निकल जाता हैं। सोच लो, इस से पन्गा मत लेना।

.._..

शाम।

तरुण अपनी स्टडी में है। वह स्मोक कर रहा हैं और लिख रहा हैं।

तुम्हारा कहा आज अचानक याद आ गया
खुशनसीब हूँ मैं
हर आईने में मेरी सूरत एक जैसी दिखती हैं.
बस मेरे जैसी...

20

मरीन ड्राइव पर मिनाक्षी टहलती हुई सारे नज़ारों का लुत्फ़ उठा रही थी। वह शाम को ऑफिस से सीधे यहां आ गयी थी। रोज़ वह ऑफिस के लिए साडी ही पहनती थी। और हमेशा की तरह साडी में वॉल्कवे में चलती हुई बड़ी ही आकर्षक दिख रही थी। हर नज़ारे का लुत्फ़ उठती हुई खुद ही मुस्कुरा उठती। वह पास ही के आइसक्रीम पार्लर में जाकर अपने लिए आइसक्रीम लेती हैं और बड़े ही इत्मीनान से उसका आनंद लेकर खाती हैं। फिर बाहर आकर धीरे धीरे वॉल्कवे में चहल कदमी करती। घर के लिए कुछ ज़रूरी ग्रोसरी खरीद कर वह लाइब्रेरी चली गयी। कुछ किताबों को ढूँढ़ कर वह अपने एक पसंदीदा कार्नर टेबल पर जाती हैं और आराम से उन किताबों को और कुछ जर्नल्स को परखती हैं। लाइब्रेरी में कई लोग आते और जाते दिख रहे हैं। कुछ समय के बाद वह उठकर कुछ किताबें इशू करा लेती हैं। वह अपनी कार में घर पहुँचती है। फ्रेश होने के बाद अपने लिए एक गिलास दूध बनाती हैं और लाइब्रेरी वाली किताबों को लेकर पढ़ने बैठती है। फिर धीरे से सोफे पर लेटकर पढ़ती हैं। पढ़ते पढ़ते उसे सोफे पर ही नींद लग जाती हैं - पास ही टेबल पर दूध का आधा गिलास

दिखाई देता हैं। कभी आधी रात के बाद उसकी आँखें खुलती हैं। वह धीरे से उठती हैं और बैडरूम में जाकर बिस्तर पर सो जाती हैं। बाहर हॉल में दूध का आधा गिलास टेबल पर ही पड़ा है।

21

जून का तीसरा हफ्ता, शनिवार।

तरुण अपने ऑफिस में हैं, दोपहर बाद का समय। रवि तरुण के केबिन में आता हैं।

रवि: तरुण, चले, 3 बज गए हैं।

तरुण: हम्म! हाँ, बिलकुल, मैं तैयार हूँ।

दोनों तैयार होकर ऑफिस से ही बाइक पर मुन्नार रवाना होते हैं। जाते हुए रास्ते भर के दृश्य बड़े ही मनोहारी हैं और तरुण उनका पूरा मज़ा ले रहा हैं। उनकी बाइक हेयरपिन मोड़ों पर से होती हुयी जाती हैं, और बीच में कई छोटे बड़े झरने नज़र आते हैं। हलकी हलकी बारिश जब पड़ती हैं तो तरुण आँखें बंद करके अपना चेहरा बूंदो की तरफ कर देता हैं - जैसे बूंदों को खुद में सोख रहा हो। शाम होते ही रास्ता दिखना कम होने लगता हैं। दोनों मुन्नार पहुँच गए और होटल में ठहरते हैं।

रात में तरुण स्मोक करते हुए लिखता है:

मेरा आइना बने रहना हमेशा
मैं साथ रहूँ न रहूँ
मेरी परछाई करीब रखना हमेशा
मैं साथ रहूँ न रहूँ

.._..

अगले दिन। सुबह ही दोनों उठ जाते हैं और बाइक लेकर निकल जाते हैं। बीच में, कुछ ज़्यादा ही तेज़ बारिश शुरू हो जाती हैं। वो एक ढाबे जैसे लोकल होटल में घुस जाते हैं और अपने लिए चाय और कुछ देसी स्नैक्स ले लेते हैं। तब तरुण का फ़ोन बजता हैं।

तरुण: मीनाक्षीजी, गुड मॉर्निंग।

मिनाक्षी: जी। (होल्ड करती हैं और ध्यान से सुनती हैं) यह क्या शोर गुल हैं? संडे को क्या चल रहा हैं।

तरुण: एक्चुअली, मैं अभी मुन्नार में हूँ, एक फ्रेंड के साथ।

मिनाक्षी (घबराकर): क्या, इस वक़्त मुन्नार में? क्या तरुणजी, आप भी, जाने से पहले एक बार हमसे कह तो देते!

तरुण: क्यों भाई, वीकेंड हैंगआउट के लिए आये हैं, इसमें कहने की क्या बात हैं?

मिनाक्षी: हैंगआउट करने के लिए अच्छी जगह हैं पर समय गलत चुना आपने। आप जानते नहीं हैं, मानसून के साथ यहां कितनी चैलेंजेस आने लगती हैं। बस, ज़्यादा कुछ मत कहिये, जल्दी ही लौट आईये।

तरुण: अरे, ऐसे कैसे चलेगा। शाम तक तो वैसे भी लौट ही रहे हैं।

मिनाक्षी: वहां पर रेड अलर्ट जारी हुआ हैं, लौट आईये।

तरुण: सुनिए, बारिश के कई रंग हमने देखे हैं आज तक। लेकिन मुन्नार में तो बारिश बेमिसाल हैं। ऐसा रूप कभी भी, कही नहीं देखा हैं।

मिनाक्षी: ठीक हैं, मान लिया - अच्छी कविता हैं। लेकिन यह भी सुनिए, जो होता हैं वह दिखता नहीं, जब दिखता हैं न, तो बहुत देर हो चुकी होती हैं। चलिए, इसी दम लौट आईये। बाकी वापस आने पर बताएंगे।

तरुण की झुंझलाहट व्यक्त हैं।

22

मीनाक्षी का डोरबेल बजता हैं। वह जल्द बाज़ी में दरवाज़ा खोलती हैं और आश्चर्य चकित हो जाती हैं जब नंदू को मुस्कुराते हुए खड़ा पाती हैं।

दोनों एक दुसरे के गले मिलते हैं।

मिनाक्षी: नंदू, तुमने कल रात को भी नहीं बताया अपने प्रोग्राम के बारे में।

नंदू: मैंने आपको वहां से निकलते वक़्त कॉल किया था। बस एक सरप्राइज देना चाहता था।

मिनाक्षी: चलो, जल्दी फ्रेश हो जाओ। अच्छा सुन, सुबह ही मंदिर हो आये? मैं भी बहुत दिनों से नहीं गयी हूँ।

नंदू: ओके, मॉम। एस यू विश। आप तैयार हो जाईये, मैं अभी फ्रेश होकर आता हूँ।

दोनों तैयार होकर पास ही के मंदिर में जाते हैं। दोनों ने पारम्परिक केरला वेश विधान पहना हैं। पूजा अर्चना करने के बाद प्रसाद लेकर दोनों मंदिर से निकलते हैं।

मिनाक्षी: नंदू, नानी के पास चले? तुम्हे देख कर बड़ी खुश होंगी।

नंदू: ठीक हैं, लेकिन मैं ड्राइव करूंगा।

मिनाक्षी: ओके, बेटा।

दोनों नानी के घर के लिए रवाना होते है। दूर दूर तक फैली धान की फसलों के बीच से उनकी यात्रा बड़ी ही मनोहर लगती हैं। मिनाक्षी के मां के घर पहुँचते ही नंदू दौड़ कर नानी को गले से लगता हैं फिर उन्हें अपनी गोद में उठा लेता हैं। नानी के कहने पर उन्हें वह नीचे उतारता हैं और फिर गले मिलते है। मिनाक्षी भी अपने पापा और मां से गले मिलती हैं, सब बैठ कर ढेर सारी बातें करते हैं। फिर एक साथ खाना खाकर यह दोनों रवाना हो जाते हैं।

वापसी में दोनों लॉन्ग ड्राइव पर जाते हैं। थोड़ी देर कार के बाहर निकल कर नज़ारे देखते हैं। जब अँधेरा फैलने लगता हैं तो फिर गाडी शुरू कर देते हैं और घर की तरफ रवाना होते हैं। दोनों होटल से डिनर कर के घर पहुँचते हैं। थके हारे दोनों फ्रेश होकर आते है। मिनाक्षी सोफे पर बैठी हैं और नंदू उसकी गोद में सर रख कर लेटा हैं।

मिनाक्षी: अच्छा, कैंपस सेलेक्शंस शुरू हुए क्या?

नंदू: नहीं, माँ। अगले महीने शुरू होंगे। अभी तो इंटरनल असेसमेंट चल रहे थे।

मिनाक्षी: सुनो, तुम अगर और पढ़ना चाहो तो ज़रूर पढ़ना। Ph. D. का मन हैं तो कर लो। अगर जॉब करने की इच्छा हैं तो जहां भी जॉब लगे, तुम ज़रूर जाना। कभी यह मत सोचना की मां को छोड़ कर कैसे जाऊंगा वगैरह वगैरह।

नंदू (मज़ाक करते हुए): हम्म!! सच में! मेरे जाने के बाद अकेले बैठ कर रोती रहोगी।

मिनाक्षी: नहीं, नंदू। मां ने अपने आप को प्रीपेर कर लिया हैं। तुम्हे अपना करियर बनाना हैं। यू कैंट रीमैन टाईड तू मी ओर थिस होम फॉर एवर।

नंदू (माँ के गोद से उठकर उसके पास बैठता हैं): मां, अब मैं जो बोलने जा रहा हूँ, वह बिलकुल मज़ाक नहीं हैं। मां, आपको कभी भी ऐसा लगे कि एक साथी की ज़रुरत हैं, तो एक लम्हे के लिए भी मेरा चेहरा अपने ज़हन में मत आने देना. अपने दिल की, सिर्फ अपने दिल की सुनना, समझी।

मिनाक्षी (प्यार से खफा होकर): बेटा, तुमने अपने पापा और मां को बस इतना ही समझा हैं?

नंदू: नहीं, मां। मैं तो अकेला एक ही हूँ इस पूरी दुनिया में जो पापा और आपका हूँ। आप दोनों को मुझमे महसूस किया हैं और हमेशा करता रहूंगा। और इस बात का बड़ा गुमान भी हैं मुझे। लेकिन अगर कभी मुझे एहसास हुआ कि कहीं कुछ कमी रह गयी, तो मैं बहुत उदास हो जाऊंगा।

मिनाक्षी (बहुत नियंत्रित होकर): तुम जानते नहीं तुम क्या कह रहे हो। हैं कोई ऐसा इस दुनिया में जो तुम्हारे पापा की जगह ले सकता हैं। बिलकुल नहीं। तुम्हे पता हैं उन्होंने क्या कहा था - मिन्नू, मैं तुम्हारा इंतज़ार करूंगा। लेकिन तुम ज़रा भी जल्दबाज़ी मत करना। नंदू के लिए तुम्हे मेरे हिस्से का भी करना हैं, इसलिए तुम... (उसकी आवाज़ ठहर जाती हैं।)

नंदू: मां, सॉरी। मुझे गलत मत समझना। आप जो चाहेंगी वही होगा। कभी यह मत सोचना के मुझे कैसा लगेगा। मैं तो बस कह रहा था कि मुझे आपके सभी फैसले मंज़ूर रहेंगे - हमेशा।

23

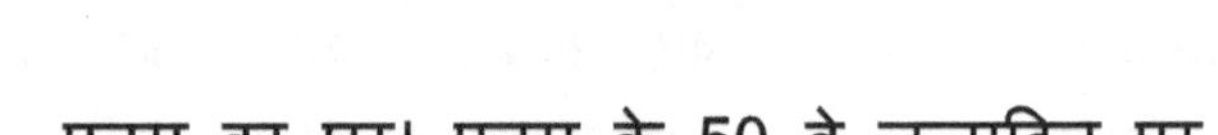

पूनम का घर। पूनम के 50 वे जन्मदिन पर पाँचों सहेलियां पूनम के घर मिली हैं।

मेधा: याद हैं, फ्रूट फार्म से कितने अमरुद और शहतूत खाते थे। यार, चुराके खाने का मज़ा तो एक अलग ही वैब हैं। अपनी छतरी के अंदर छुपा कर लाते थे। खाते तो आज भी हैं, लेकिन उन दिनों की बात ही कुछ और थी।

रौशनी: हाँ यार। और आजकल के अमरूदों में वह स्वाद भी नहीं जो उन दिनों हुआ करता था।

शाइनी: अरे परियों, स्वाद फलों का नहीं दोस्ती का था। अब देखो, पूनम के इस समोसे में क्या गज़ब का टेस्ट हैं. समोसे तो अक्सर खाते हैं, पर आज इन समोसो में जाने क्या मिला हैं कि पेट भर गया लेकिन मन नहीं भरता।

पूनम: अरे हाँ, अपने कैंटीन की चाय भी तो कितनी भली लगती थी - दो रुपये में चाय और दो रुपये में मंगोड़े। शर्त लगा लो जो वैसे चाय - मंगोड़े फिर ज़िन्दगी में कभी खाये हो तो।

मेधा: पूनम और मिन्नू के हॉस्टल के मेस का खाना... हर सब्ज़ी में आलू - लेकिन कितने इत्मीनान से खाते थे। दिन भर क्लास में और फील्ड पर - थक

हार कर जब खाने बैठते तो लगता जैसे छप्पन भोग लगा हो... और आज तो महंगे से महंगे डिशेस भी फीके लगते हैं।

मिनाक्षी: कैंटीन में जब अपनी टोली धावा बोलती थी तो बेचारा पटेल खुश भी होता था और परेशान भी। अब तो सुना हैं काफी सक्सेसफुल होटलर हो गया हैं।

रौशनी: हाँ, दो होटल्स हैं उसकी। लेकिन बन्दा आज भी वैसा ही हैं। बहुत इज़्ज़त करता हैं हम सबकी।

इतने में पूनम आकर सबको लंच के लिए कहती हैं।

पूनम: चलो भाई, जल्दी खाना खालो। फिर निकलना भी हैं। बिट्टू आता ही होगा।

मिनाक्षी: पूनम, यही घर पर रह जाते और मस्ती करते। क्यों बेचारे बच्चे को परेशान करती हो। हम बूढ़ियों के बीच में तो वह बोर हो जाएगा।

पूनम: सॉरी, बूढी होगी तुम। आई ऍम 50 इयर्स यंग। चलो, जल्दी करो।

शाइनी: अरे पूनम, नहीं। बिट्टू को रहने दे, मैं ड्राइव कर लूंगी। और मिन्नू भी तो हैं। तू बिट्टू को मना कर दे।

मिनाक्षी: ओ, शहज़ादी शाइनी, तू मुझे तो छोड़ ही दे। मैंने कोई ड्राइव नहीं करनी हैं।

मेधा: यह मिन्नू, अब भी वैसी की वैसी ही हैं - आलसी - कोई चेंज नहीं।

(मिनाक्षी का फ़ोन बजता हैं।)

मिनाक्षी: गर्ल्स, बस एक मिनट। (मिनाक्षी उठकर उन सबसे कुछ दूर चली जाती हैं। वह कुछ पल रूकती हैं और फिर फोन उठाती हैं): हेलो! (मिनाक्षी कुछ बोलती

नहीं हैं, बस ध्यान से सुनती हैं और बहुत उदास दिखती हैं। लेकिन वह किसी से कुछ भी नहीं कहती हैं।)

पांचो सहेलियां खूब घूमती और मौज मस्ती करती हैं। शॉपिंग करती हैं, साथ खाना खाती हैं, और बस मस्ती में घूमती हैं। इंडिया गेट के पास जाकर कुछ देर बिताती हैं। फिर घर पहुँच कर देर रात तक खूब मस्ती करती हैं।

24

एक दिन सुबह मिनाक्षी मंदिर जाती हैं। वह देखती हैं कि तरुण मंदिर से प्रार्थना कर के वापस लौट रहा हैं। मिनाक्षी मंदिर में जाने ही वाली थी जब दोनों मिले। तरुण ने दाढ़ी बढ़ा रखी थी। वह केरला धोती - मुंड और वेष्ठि पहने हैं और माथे पर चन्दन भी लगा हैं।

मिनाक्षी: गुड मॉर्निंग। आपकी ऐसी भी आदतें हैं क्या? अरे वाह, आपके सामने तो मल्लू भी हट के खड़े हो जाएंगे।

तरुण: क्या भाई, आप भी! (आसमान की तरफ इशारा करके) हमारा तो बड़ा पुराना कनेक्शन हैं।

मिनाक्षी: चलिए, अच्छी बात हैं। बहुत दिन हुए आप से मिले नहीं।

तरुण: जी, बिजी था। हाँ, आपसे कहना भूल गया, मैं शबरीमला जा रहा हूँ दर्शन के लिए। शेखर ने कहा था। ऑफिस से एक कलीग जाएंगे साथ।

मिनाक्षी: बहुत अच्छी बात हैं, ज़रूर जाईये।

तरुण: यहां पास ही होता तो आप भी चलती।

मिनाक्षी: नहीं तरुणजी। अभी वक़्त नहीं हुआ हैं। आप दर्शन करके आईये।

कुछ समझते हुए तरुण सर हिला देता हैं।

तरुण जाने की तैयारियां करता हैं और मंदिर से दर्शन के लिए प्रार्थना कर के दोस्त के साथ विदा होता हैं।

25

मिनाक्षी भोपाल से वापस आती हैं और ड्यूटी ज्वाइन कर लेती हैं।

मिनाक्षी का केबिन।

चित्रा उसके सामने बैठी हैं। मिनाक्षी चित्रा को मिठाईयों के दो डब्बे देती हैं।

मिनाक्षी: चित्रा, यह तुम्हारे लिए। भोपाल की खास मिठाई हैं। और यह पैकेट सबके लिए।

चित्रा: थैंक्स मेडम। बताईये आपका भोपाल ट्रिप कैसा रहा?

मिनाक्षी: अच्छा रहा। हम सब स्कूल गए थे। हमारी 12th स्टैण्डर्ड की केमिस्ट्री टीचर अब वाईस प्रिंसिपल हैं - श्रीमती सोनाली दास। वैसी की वैसी - ऐसा लगा जैसे हमसे भी यंग हो। और यहां के हाल सुनाओ।

चित्रा: मेडम, कल सुबह VC हैं, नर्सरीज की स्कीम इम्प्लीमेंटेशन पर। और गाइडलाइन्स भी इशू करने हैं।

मिनाक्षी: ओके। चलो लेटस स्टार्ट ओवर अगेन!!

शाम को वह ऑफिस से घर आती हैं।

मिनाक्षी कई दिनों से थोड़ी परेशां सी हैं। बस यूं ही दिन गुज़र से रहे हैं।

एक शाम वह एक मूवी ऑन करती है। मूवी की शुरुआत से ही उसे कुछ अजीब सा लग रहा थ। फिर एक एक करके सीन्स आते गए और उसे कुछ आश्चर्य सा लग रहा था, इतने में फ़ोन बजता है। उसने देखा पूनम कॉल कर रही हैं। पूनम से बातों के दौरान एक गाने की शुरुआत में वह पूनम से फोन काटने को कहती हैं और बड़े ध्यान से उस गाने को देखती हैं। उसे मन में कुछ खटका और वह बीच से ही गाने को फिर से रिवाइंड कर के देखती हैं। दो तीन बार एक टुकड़े को देखने के बाद उसने पूरा गाना चलाया और बोल पड़ी: माय गॉड, हाउ कुड आई बी सो स्टुपिड टू मिस इट??

26

मिनाक्षी की अगली सुबह ऑफिस जाने से पहले माँ से फोन पर बहुत विस्तार में कही सुनी हो जाती हैं। वह बहुत ही आक्रामक दलीले देती हैं और फोन काटने के बाद बहुत परेशान दिखती हैं। वह ऑफिस पहुँचती हैं और अपने केबिन में फाइलों को उलट पुलट करती हैं जब इंटरकॉम बजता हैं। उसे डायरेक्टर डिस्कशन के लिए बुलाते हैं। वह डायरेक्टर के केबिन की तरफ जाती हैं और चलते चलते उसे चक्कर से आते हैं। वह गिरने ही वाली थी, तभी उसके को - वर्कर्स ने उसे थाम लिया। तब तक वह बेहोश हो जाती हैं और उसे अस्पताल ले जाया जाता हैं। चित्रा उसके साथ अस्पताल जाती हैं। उसे एडमिट कर दिया जाता हैं और तुरंत ही मेडिकेशन शुरू हो जाती हैं।

डॉक्टर (चित्रा से): मेडम, शी इस एक्सहॉस्टेड। और आज शायद सुबह ब्रेकफास्ट भी नहीं किया हैं। शी नीड्स कम्पलीट रेस्ट एट लिस्ट फॉर टू डेज। हमने उन्हें अभी सेडेटिव पर रखा हैं। शी शुड स्लीप फॉर सम टाइम।

चित्रा: थैंक यू डॉक्टर। डिस्चार्ज कब करेंगे आप?

डॉक्टर: नो वे मेडम। उन्हें आज और कल यही रहने दीजिये, अभी अंडर ऑब्जरवेशन हैं। डिटेल्ड एक्सामिनाशंस

करने हैं, टू सी इफ देयर इस एनीथिंग एल्स अदर देन एक्सहोशन। प्लीस डोंट मेक हेस्ट।

चित्रा: ओके डॉक्टर।

मिनाक्षी को रूम में शिफ्ट कर दिया जाता हैं। चित्रा अस्पताल ही में इंतज़ार करती है।

चित्रा अब सोचती हैं उसे घर जाना हैं। वह किसे अरेंज करे?

चित्रा घडी देखती हैं - शाम के ५ बज गए हैं। मिनाक्षी अब भी बड़ी गहरी नींद में हैं। चित्रा असमंजस में बैठी हैं जब मिनाक्षी का फोन बजता हैं।

चित्रा (मिनाक्षी का फ़ोन उठाते हुए): सर, गुड इवनिंग।

तरुण: हेलो, मीनाक्षीजी, मिनाक्षी... हु इस थिस?

चित्रा: सर, मैं चित्रा बोल रही हूँ।

तरुण: ओह हेलो चित्रा, कैसी हो, मीनाक्षीजी बिजी हैं क्या?

चित्रा: सर, उनकी तबियत ठीक नहीं हैं। वह होस्पिटलाइस्ड हैं और (रुककर) मैं यहां अकेली....

तरुण: चित्रा, होल्ड ऑन, व्हिच हॉस्पिटल, मैं अभी पहुँचता हूँ।

चित्रा: सर, हम तो...

(अस्पताल के दरवाज़े से तरुण भागता हुआ आता हैं।)

तरुण पहुँचता हैं और चित्रा से मिलता हैं।

चित्रा: सर, देयर इसंट एनीथिंग मच वी नीड टू डू. मेडम आराम कर रही हैं, सुबह तक ही उठेंगी। बट सर, आई नीड टू गो होम।

तरुण: ओह हाँ, चित्रा! उम्... तुम घर जाओ। यहां मैं देख लूँगा।

चित्रा: सर, वैरी सॉरी, आपको परेशान कर रही हूँ। किसी को खबर करना मेडम को पसंद नहीं. इसलिए उनके माँ को भी नहीं बताया मैंने।

तरुण: हम्म। कोई बात नहीं।

चित्रा: सर, माय किड्स आर वैरी स्माल, दे कान नोट कैर्री ऑन विथाउट मी।

तरुण (कुछ झुंझलाता हुआ): चित्रा, मुझे तुम पर गुस्सा इस बात का हैं कि तुमने मुझे पहले नहीं बताया। चलो, तुम जाओ, मैं यहां हूँ। तुम फ़िक्र मत करो।

चित्रा: ओके सर। प्लीस फील फ्री टू कॉल इफ नीडड।

तरुण मुस्कुराता हुआ सर हिलता हैं और चित्रा को हाथ हिला कर विदा करता हैं।

.._..

तरुण कमरे में आता हैं और मिनाक्षी को देखता हैं। वह बहुत निश्चिन्त सी सो रही हैं। ड्रिप लाइन चल रही हैं और साथ में दवाईयां भी चल रहे हैं। आस पास कुछ मॉनीटर्स पर रीडिंग्स आते रहते हैं।

इस बीच तरुण मोबाइल पर कुछ कॉल्स अटेंड करता हैं। रात में 8 बजे नर्स आकर ड्रिप लाइन में कुछ दवा डालती हैं और चली जाती हैं। अब करीब आधी बोतल ड्रिप बाकी बचती हैं।

साढ़े नौ बजे नर्स आती हैं और ड्रिप लाइन हटा देती हैं।.

नर्स: सर, आपने डिनर ले लिया?

तरुण: हम्म! (बस कंधे झटकता हैं और नर्स को देख कर मुस्कुरा देता हैं): सुनिए, मुझे ज़रा काम हैं। आई विल बी बैक इन 5 मिनट्स, कैन यू मैनेज फॉर मी?

नर्स: मेडम कम से कम सात घंटे सोयेंगी।

तरुण: ओह, ओके। आई विल बी राइट बैक। ज़रा ख्याल रखना।

नर्स: ज़रूर। सर, मैं नाईट शिफ्ट में हूँ, मेरा राउंड्स रहेगा, हर घंटे आकर ऑब्ज़र्व कर लूंगी। आप भी आराम कीजिये।

तरुण अस्पताल से बाहर जाता दिखाता हैं और उसका पीछा करती हुई एक लकीर धुएं की।

वह कुछ ही क्षणों में वापस आता हैं और नर्स को हाथ उठा कर मुस्कुरा देता है। बिलकुल धीमे से वह कमरे में प्रवेश करता हैं, वह कुछ चबा रहा हैं।

अचानक मिनाक्षी बिस्तर में पलटती हैं और जाग जाती हैं।

तरुण चबाना बंद करके मिनाक्षी के कुछ करीब आता हैं। वह कुछ कहने को होती हैं लेकिन तरुण को देख कर वह पूछती हैं: तरुणजी, आप कैसे हैं?

तरुण अपनी सबसे सुन्दर मुस्कान देता हैं और बहुत धीमे से कहता हैं: मैं बिलकुल ठीक हूँ, आप बस आराम कीजिये।

मिनाक्षी (आधी नींद में): तरुणजी, डिड एनीबड़ी एवर टेल यू देट यू हेव गोट ए गोर्जिअस स्माइल, हँ? और यह क्या, फिर स्मोकिंग की आपने! (और इससे पहले कि

तरुण कुछ भी कहे, मिनाक्षी धीरे से फिर गहरी नींद में डूब गयी।)

तरुण अपने आप ही मुस्कुरा पड़ता हैं। वह सोफे में बैठता हैं और आराम से बैकरेस्ट पे लेट कर मिनाक्षी को ध्यान से देखता हैं। वह आराम से सो रही हैं और तरुण थोड़ा सा चिंता मुक्त हो जाता हैं। वह फिर से चबाने लगता हैं और फिर कुछ सोच कर उठता हैं। च्युइंग गम बिन में फेंक देता हैं। वह मुँह धोकर थोड़ा पानी पीता हैं और फिर सोफे पर टिक कर कुछ सोचने लगता हैं। फिर से उसकी भौहे सिकुड़ती हैं और वह फिर से अपने कंधे झटकता हैं।

तरुण दूर दीवारों पर देखता हैं। वह अपने आप ही मुस्कुराता हैं और मन ही मन कहता हैं...

आज की रात बड़ी स्याह सी मालूम होती हैं..

फिर भी यह पन्ना बस कोरा ही रह गया...

27

दो दिनों के बाद।

मिनाक्षी का मोबाइल बजता हैं। तरुण का कॉल हैं। मिनाक्षी बेहतर दिख रही हैं। उसके हाथ में मग हैं, वो कुछ पी रही हैं।

मिनाक्षी: हेलो, तरुणजी।

तरुण: आप कैसी हैं आज?

मिनाक्षी: हम बिलकुल ठीक हो गए हैं।

तरुण: अच्छा, अपने आप ही डिसाइड कर लिया।

मिनाक्षी: नहीं, सही में। हम कहीं बाहर जाने की सोच ही रहे थे। अगर आप फ्री हैं तो बताईये आप कहाँ हैं, हम आपको पिक करते हैं। एक बड़ी अच्छी जगह ले जाएंगे आपको।

तरुण: नहीं, आप घर पर हैं न। वही रुकिए, मैं गाडी लेकर आता हूँ।

(दोनों बर्ड सैंक्चुअरी जाते हैं जहां पक्षियों का कलरव मचा हुआ हैं।)

मिनाक्षी: हम यहां कभी आ जाते हैं तो वापस जाने का मन ही नहीं होता। वैसे तो हम यहां अकेले ही आते हैं, लेकिन आज सोचा आपको भी यह जगह दिखाए। शायद आपको भी अच्छी लगे (वह थोड़ा ठहर ठहरकर बोलती हैं

और तरुण के प्रतिकरण का इंतज़ार करती हैं) आपको यह जगह पसंद आयी?

तरुण बड़े आश्चर्य से सब तरफ देखता हैं।

मिनाक्षी: तरुणजी, इस सैंक्चुअरी में दूर दूर से बर्ड्स आते हैं। लेकिन कोच्ची की पॉलूशन के कारण इन्होने भी आना कम कर दिया हैं।

वह अपना मोबाइल निकल कर पक्षियों की तस्वीरें निकलने की कोशिश करती हैं। वह यहां वहां पंछियों पर फोकस करके उनकी तस्वीरें और वीडियो लेने की नाकाम कोशिश करती रहती हैं। वह मोबाइल हाथ में लिए धीरे धीरे तरुण से दूर चली जाती हैं और दूर से तरुण को गौर से देखती हैं। वह अपना मोबाइल तरुण पर फोकस करके उसके चेहरे को ध्यान से देखती हैं कि वह कितने मन से पंछियों को ऑब्ज़र्व कर रहा हैं। तरुण यह कुछ भी नहीं जान रहा हैं, वह तो पंछियों की आवाज़ें ध्यान से सुनने की कोशिश कर रहा हैं। मिनाक्षी बड़बड़ाती जाती हैं और गुस्सा करती हैं कि पंछी बिलकुल अच्छे नहीं हैं, कोई भी उसके लिए पोज़ नहीं कर रहे हैं वगैरह वगैरह।

मिनाक्षी: नहीं भाई। यह कहाँ पोज़ करेंगे। तरुणजी, उस दिन आप कह रहे थे न, अगर इंसान इनकी दुनिया को अछूता छोड़ दे तो कितना अच्छा हो। यहां आकर आपका कहा बिलकुल सही लगता हैं। इनका यह शोर कितना अच्छा हैं - किसी क्लासिकल परफॉरमेंस से कम नहीं।

तरुण चारों और देखने और सुनने में इतना मशगूल हैं कि वह मिनाक्षी का कहा कुछ भी नहीं सुन रहा हैं, न

ही उसपर ध्यान दे रहा हैं। मिनाक्षी बोलती ही जा रही हैं और तरुण जैसे कुछ और सुनने की कोशिश कर रहा हैं। लेकिन इस बीच पूरे समय मिनाक्षी तरुण के प्रतिकरणों का बहुत ही बारीकी से विश्लेषण कर रही थी।

मिनाक्षी: आप हमारी बात सुन रहें हैं क्या? हमने पूछा, आपको यह जगह कैसी लगी?

तरुण: (ख़ामोशी से चारों ओर कुछ सुनने की कोशिश करते हुए): हम्म, अच्छी हैं।

मिनाक्षी: बस, सिर्फ अच्छी हैं?

तरुण (ज़ोर से): हममम...

मिनाक्षी: ठीक हैं, आपको अच्छी नहीं लगी तो चलते हैं।

तरुण: मम्म.. उह्ह.., कितना बोलती हो। कभी तो चुप रहा करो। (तब अचानक कुछ उसे याद आता हैं) सॉरी! डोंट फील ओफ्फेंन्डेड।

मिनाक्षी (दुखी होने जैसी भावाभिनय): हमने तो कुछ भी नहीं कहा, आप तो...

तरुण: सुनने दो, आप सुनने नहीं दे रही थी, इसलिए... (और तरुण फिर से पंछियों के कलरव में डूब जाता हैं।)

मिनाक्षी (बहुत तृप्त): अच्छा बाबा, आप इत्मीनान से सुनिए!!! (मन ही मन में: मुझे जो चाहिए था, मिल गया।)

28

तरुण की मोबाइल में एक मैसेज आता है। वास्तव में वह एक मेल नोटिफिकेशन हैं।

तरुण: मेल - IIT... IIT खरगपुर... कनवोकेशन...

वह फोन नीचे रखता हैं और कुछ सोचता हैं। फिर से फोन उठाता हैं और कॉल करता हैं।

तरुण: वेलकम ट्रेवल्स... हाँ हेलो. सिन्हा हियर, तरुण सिन्हा। कलकत्ता के लिए फ्लाइट टिकट बुक कीजिये... हाँ मेरे लिए. २१ की सुबह के लिए।

कलकत्ता एयरपोर्ट....

तरुण एक टैक्सी लेकर कॉलेज जाता हैं। सेलेब्रेशन्स चल रहे हैं। तरुण बस वक्त पर पहुँचता हैं, कार्यक्रम शुरू होने ही वाले हैं। वह असेंबली में तक़रीबन बीच का सीट हासिल करने में काबयाब हो जाता हैं। समारोह में डिग्री हासिल करने के लिए मंच पर एक के बाद एक करके छात्रों और छात्राओं का नाम बुलाया जाता है। तरुण बेसब्री से इंतज़ार करता हैं, हर नाम के बाद उतावला सा एनाउंसर की तरफ देखता हैं।

एनाउंसर: मिस भावना मल्होत्रा....

तरुण अचानक ही सीधा बैठ जाता हैं, यकायक कोई चिंता उसके मन में आ जाती हैं। वह बेसब्री से उस लड़की

को स्टेज पर चढ़ते और अवार्ड लेते हुए देखता हैं। उसकी आँखें झलक उठती हैं और उसे बड़ा ही फक्र महसूस होता हैं। वह लड़की बड़ी प्यारी हैं और बड़े ही शालीनता से अवार्ड लेकर आगे बढ़ जाती हैं।

कार्यक्रम के बाद, तरुण को भावना मल्होत्रा से मिलने के लिए ले जाया जाता हैं।

डॉ. मलकानी भावना को तरुण से मिलवाते हैं: मिस मल्होत्रा, मीट मी. तरुण सिन्हा - योर स्पांसर। आप आज पहली बार रूबरू हुए हैं - ऑन हिज इन्सिस्टेन्स।

भावना: सर, ब्लेस्ड टू हेव यू हियर ऑन माय स्पेशल डे, थिस इस फॉर यू। (अपना सर्टिफिकेट तरुण को देती हैं।)

तरुण उसे लेकर अपने माथे से लगता हैं और उसे वापस कर देता हैं।

डॉ. मलकानी: मी. सिन्हा, आपने अच्छा किया आज आप आ गए। अब कॉन्ट्रैक्ट ख़त्म हो रहा हैं, तो आप अपने वार्ड से मिलकर आगे का प्लान डिसाइड कर लीजिये। आज तो मिस मल्होत्रा को डिनर अटेंड करना हैं, कल आप उनसे मिल सकते हैं। इन द मीनटाइम, प्लीज मेक योरसेल्फ कम्फर्टेबल। मिस मल्होत्रा शाल ज्वाइन यू टुमारो। गुड नाईट, सर।

.._..

अगले दिन सुबह दोनों मिलते हैं। दोनों लॉन की तरफ चलते हैं।

तरुण: बेटा, तुम्हारी पोस्टिंग कहाँ की हैं?

भावना (जैसे उसने कुछ सुना ही नहीं हो): सर, मैं जानती हूँ आप मेरे सिर्फ स्पांसर नहीं हैं। आप कभी भी सामने नहीं आये, इसलिए कि मुझमे कोई उम्मीद न जाग जाये। यहां सभी के पेरेंट्स और स्पोंसर्स मिलने आते रहे, उन सबको देख कर मैं और अकेली हो जाती हूँ। अब तो लगने लगा हैं कि इतना पढ़ पाना, अच्छा जॉब हासिल करना, दुआ कम और क़र्ज़ ज़्यादा लगता हैं।

तरुण: इतनी सी उम्र में इतना सब सोच लिया? पढाई कब करती हो?

भावना: आपको लगता होगा, पहली बार मिलने पर मैं यह सब क्या बोल रही हूँ। सर, इतनी सी उम्र में बहुत कुछ देख लिया हैं मैंने। बहुत सारे तूफानों का सामना अकेले ही किया हैं। स्कूल में, कॉलेज में, अब जॉब लगी हैं तो वहाँ भी यही सब कुछ होगा। जिसका एड्रेस नहीं होता न, वह कितना ही पढ़ ले, किस भी मुक़ाम तक पहुँच जाए, रहता तो लावारिस ही हैं।

तरुण (थोड़ा गुस्सा होकर): देखो, तुम सिर्फ उतना ही सोचो जितना इस उम्र में लाज़मी हैं। अरे, तुम क्या जानो, एक वक़्त की रोटी के लिए भी कितने लोग तरसते हैं। तुम को क्या कमी रह गयी थी, अच्छे स्कूल में पढ़ाया, एंट्रेंस क्लियर करवाया, देश के उच्चतम कॉलेज में पढ़ाई हुई, अब जॉब भी लग गयी हैं।

भावना (बिलकुल शांति से): जी हाँ, आपका दिया सब कुछ हैं मेरे पास। बस एक एड्रेस नहीं दे पाए आप मुझे।

तरुण हैरान होकर भावना की तरफ देखता हैं।

भावना: सर, अगर भूख लगे तो रोटी खा कर मिटा सकते हैं। लेकिन जिसका इस दुनिया में कोई एड्रेस नहीं हो, उसका क्या? मुझे पता नहीं मेरे माँ बाप कौन थे, मैं कैसे ओर्फनेज में पहुंची, कैसे आप मेरे स्पांसर बने। आपने भी मुझे दिया तो एक 'केयर ऑफ़ ' एड्रेस दिया - भावना मल्होत्रा, C/o तरुण सिन्हा। मैंने तो आपको आज पहली बार देखा हैं। अब शायद इस ज़िन्दगी में कभी मिले भी नहीं...

(काफी लम्बा अंतराल)

तरुण: क्यों जानना चाहती हो पुरानी बातें?

भावना: सही कहा आपने। मैं कौन हूँ, मेरा क्या होगा - यह जानने का भी मुझे हक़ नहीं हैं।

तरुण: न न न न। आज कह दिया, सो कह दिया, फिर कभी ऐसा नहीं कहना। (रूककर, बड़ी गहरी सोच में लीन) तुम्हारी माँ बहुत बहादुर थी। तुम्हे ओर्फनेज में दाखिला दिला कर उसने ख़ुदकुशी कर ली - तुम्हारे पापा से बचने के लिए और तुम्हे बचाने के लिए। अगर वह ऐसा नहीं करती, तो तुम्हारे पापा को तुम्हारी कस्टडी मिल जाती और तुम्हारा भी वही हाल होता जो तुम्हारी माँ के साथ हुआ। बिलीव मी, शी वास् वैरी ब्रेव टू हेव स्टुड अलोन टू प्रोटेक्ट यू। एक बेटी के लिए उसकी माँ के संरक्षण से बड़ी सुरक्षा कुछ भी नहीं हो सकती हैं।

भावना: तो आप....

तरुण: मैं। (रूककर) तुम्हारी माँ और मैं - वी हेड ए म्यूच्यूअल फ्रेंड, उन्होंने मुझे सब बताया था। (भावना चुप होकर जाने कही को घूर रही हैं।)

तरुण: भावना, तुम एक नयी ज़िन्दगी की शुरुआत करने जा रही हो। इन सारी बातों को अपनी ज़िन्दगी का बीता हुआ कल मान कर आगे बढ़ो। मैं यह नहीं कहूंगा कि तुम सब भूल जाओ। यह सब आज मैंने तुम्हे इसलिए बताया ताकि तुम अपने पास्ट और फ्यूचर को अलग अलग जी सको। सुनो, कुछ बातें ऐसी होती हैं जिस पर हमारा कोई बस नहीं चलता। जस्ट एक्सेप्ट एंड मूव ऑन। (धीरे से बोलता हैं) और अब तो मैं भी हूँ न... (मुस्कुराने की कोशिश करता हैं, और भावना को भी हसाने की कोशिश करता हैं।)

भावना (नम आँखों से): बस आखरी बार मैं कुछ मांग लू, मुझे देंगे आप?

तरुण: हाँ बोलो, लेकिन आखरी बार - ऐसा नहीं कहते।

भावना: मैं आपको एक दफा पापा कह कर बुला लूँ? बस एक बार, फिर कभी मैं कुछ भी नहीं मांगूंगी।

तरुण (सख्ती से): नो।

भावना अवाक रह जाती हैं।

तरुण: (अपना हाथ उसके सर पर रखता हैं): एक बार नहीं, तुम मुझे हमेशा पापा कहोगी - आज के बाद - हमेशा। (फिर उसे प्यार से गले लगता हैं): मैं तेरा पापा ही तो हूँ रे, इसलिए तो इतनी डाँट लगाई तुझे।

भावना रो पड़ती हैं।

तरुण (उसे चुप कराता हैं): चलो, चलो, बस करो। अपने आंसू पोछो और मेरे पास बैठो। तुमसे कुछ पूछना हैं।

भावना: (अपने आंसू पोछते हुए) नहीं पापा, पहले मुझे एक बात और बताईयें, मम्मी का फोटो दिखाएंगे।

तरुण: नो। सुनो, तुम उतना ही जानो जितना मैं तुम्हे बताता हूँ। बच्ची हो, बच्ची बनकर रहो।

29

मरीन ड्राइव। मिनाक्षी एक वाच शोरूम में रिस्ट वाच सेलेक्ट कर रही हैं। वह तरह तरह की घड़ियाँ देखती हैं और कुछ अलग निकाल के रख देती हैं। फिर उनमे से दो तीन का चयन करती है। कुछ पल बाद, वह एक घडी ले कर करीब से परखती हैं और वही खरीदने का तय करती हैं। वह काउंटर पर बिल का पैसा अदा करती हैं और खूब खुश होकर शोरूम से बाहर निकल आती हैं। वह वॉल्कवे पर चलते हुए जैसे ही मोड़ पर मुड़ती हैं, तरुण से टकराते रह जाती हैं। तरुण वॉल्कवे की दीवार पर टिक कर इत्मीनान से स्मोक कर रहा हैं। उसने मिनाक्षी को आते देखा नहीं था और उसके चेहरे पर अजीब सा आश्चर्य ज़ाहिर होता हैं। बड़ी मुश्किल से वह सिगरेट फेंकता हैं और एक च्युइंग गम मुँह में डालता हैं। उसे मिनाक्षी द्वारा स्मोकिंग करते पकडे जाने की बेचैनी छुपाने में बहुत मेहनत करनी पड़ रही हैं।

मिनाक्षी: ओह, हेलो। यहां आप!! कोई खबर नहीं बड़े दिनों से!!

तरुण: सैटरडे हैं, भई। वीकेंड मना रहे हैं।

मिनाक्षी: वाह, तो यह स्मोकिंग भी एक एजेंडा होगी न - सेलेब्रेशन्स की!

तरुण: हम्म। एक्चुअली, क्या हैं न, मर्द हो तो कम से कम एक बुरी आदत तो होनी ही चाहिए।

मिनाक्षी चिढ़ाते हुए: इम्प्रेसिव। ऐसी इंटरप्रिटेशन तो पूरी उम्र में हमने नहीं सुनी हैं।

तरुण हँसता हैं: तो फिर चलिए, इसी बहाने आज की कॉफ़ी मेरी तरफ से।

मिनाक्षी: सॉरी। हमें कुछ ज़रूरी काम हैं, जाना हैं।

तरुण: भई, कल संडे हैं, कल कर लेना। ऐसा क्या काम हैं जो आज ही, अभी ही करना हैं।

मिनाक्षी: बताते हैं। यू नो व्हाट, हमारे एक दोस्त ने हमें सलाह दी कि हमें एक्सरसाइज करनी चाहिए, अपनी सेहत का ख्याल रखना चाहिए। तो हमने उनकी सलाह मान ली और पिछले तकरीबन दो महीनो से रोज़ वर्कआउट करते हैं। अभी शाम को योगा करना हैं। वह क्या हैं न, हम अपने दोस्तों का कहा मानते हैं।

तरुण: ओह। तब तो ट्रीट भी बनती हैं। चलिए, जल्दी से फिनिश कर लेंगे।

मिनाक्षी: थैंक यू। आप अपने मर्द होने का जश्न जारी रखिये, हमें माफ़ कीजिये। बाय।

वह चली जाती है। तरुण बिलकुल बेचारा सा रह जाता हैं।

30

तरुण घर पर स्मोक कर रहा हैं और लिखता हैं। लिखना ख़त्म कर के वह डायरी बंद कर के रख देता हैं। कुछ सोचकर वह अपनी बालकनी में आता हैं जहां दो कुर्सियां पड़ी दिखती हैं - एक सादी नार्मल सी इसी चेयर और दूसरी रॉकिंग चेयर। वह इसी चेयर में बैठ जाता हैं और रॉकिंग चेयर जो सामने पड़ी हैं, उसे गौर से देखता हैं। वह पथरीले निगाहों से उस कुर्सी को घूरता हैं। फिर धीरे से पीछे की ओर लेट जाता हैं और अपनी आँखें बंद कर लेता हैं। कुछ पल के बाद वह आँखें खोल कर रॉकिंग चेयर को धीमे से हिला देता है। रॉकिंग चेयर झूलते झूलते धीरे से रुक जाती हैं, तब तरुण का मोबाइल बजता हैं।

तरुण उठ कर अंदर जाकर अपने मोबाइल लेता हैं और फिर से बालकनी में फोन पर बातें करते आता हैं। एक हाथ में फोन हैं और दूसरे में सिगरेट।

तरुण: शेखर, कैसा हैं भाई, इतनी रात गए?

शेखर: हम्म्म। बस यूं ही। नींद नहीं आ रही थी, सोचा तुझसे बात करूं।

तरुण: क्या हुआ, परेशान हैं?

शेखर: नहीं। परेशान नहीं। इशू का एस एस सी प्रीलिम्स क्लियर हो गया हैं।

तरुण: इशू ने मुझे कॉल किया था शाम को। और यार प्राउड पापा!!

शेखर: हम्म। उसका बिलकुल ध्यान नहीं रख पाता हूँ, उसकी शादी के बाद तो बिलकुल नहीं।

तरुण: सुन, एक ज्ञान देता हूँ। वह बड़ी हो गयी हैं, उसकी शादी भी हो गयी हैं। अब उसे थोड़ा थोड़ा खुद पर छोड़ दे। लेट हेर एक्सप्लोर द वर्ल्ड एंड लर्न हेर लेसंस। अब उन दोनों की ज़िन्दगी में ज़्यादा इन्वॉल्व मत होना, कुछ चाहिए होगा तो वह पूछ लेंगे तुमसे, तब तुम उनकी मदद करना।

शेखर: उह्ह। याह, यू आर राइट। अच्छा यह बता तू क्या कर रहा हैं। स्मोकिंग, आई ऍम श्योर।

तरुण: बदनाम मत कर रे। तुझसे झूठ नहीं बोलूंगा - यस, स्मोकिंग भी चल रही हैं। वैसे मैं स्टार गेजिंग कर रहा हूँ। इट्स क्रेजी..

तारों के मजमे में चाँद बिलकुल अकेला हैं..

ज़मीन पर उतरता तो उसे आगोश में ले लेते....

शेखर: कब तक यूं ही अकेले तारों को ताकता रहेगा। तेरे बारे में सोचता हूँ तो कुछ खालीपन सा लगता हैं। क्या ज़िन्दगी हैं रे यार, कभी तो सोचा कर, ऐसे कैसे चलेगा, कब तक चलेगा?

तरुण: अरे भाई, मैं ज़िंदा हूँ। (रूककर) हाँ, ज़िन्दगी नहीं हैं। छोड़ो, क्या फर्क पड़ता हैं।

शेखर: फर्क लाया जा सकता हैं, अगर तुम चाहो।

तरुण: शेखर, गुड नाईट।

तरुण फ़ोन कट कर देता हैं और फिर से देखता हैं - पहले चाँद को फिर खाली कुर्सी को। वह एक बार फिर रॉकिंग चेयर को हिला देता हैं और उसी को घूरता हैं, उसके रुकने तक और रुकने के बाद भी।

31

मिनाक्षी शाम को तरुण के ऑफिस जाती हैं। ज़्यादातर कर्मचारी जा चुके हैं। वह तरुण के केबिन पर दस्तक करके अंदर दाखिल होती हैं और देखती हैं अंदर तरुण बहुत बिजी हैं।

तरुण: ओ, व्हाट ए सरप्राइज, बिना बताये! कहिये, क्या खिदमत करें।

मिनाक्षी: भूल गए न आप, आज हम दोनों का आर्ट गैलरी का प्लान था।

तरुण: सो सॉरी, बिलकुल ज़हन से निकल गया। चलिए, मैं वेंड अप करने ही वाला था।

तरुण कुछ अधूरा काम पूरा कर लेता हैं और अपना सिस्टम शट डाउन कर देता हैं। फिर वह अपना बैग, वाटर बोतल, लाइब्रेरी की कुछ किताबें समेट लेता हैं। फिर अपना मोबाइल और गाडी की चाबी भी उठा लेता हैं।

मिनाक्षी: तरुणजी, आज हम आपकी कार से चलेंगे। हमारी कार एक फ्रेंड ले कर गए हैं।

तरुण: तो आप यहां तक आयी कैसे? मुझे कॉल कर लेती, मैं पिक कर लेता।

इतना कहते दोनों गाडी के पास आते हैं और दोनों आराम से बैठ जाते हैं।

मिनाक्षी (एक साजिश भरी मुस्कान): आज एक स्पेशल डे हैं, आप बता सकते हैं आज की स्पेशलिटी क्या हैं?

तरुण: नो. नो आईडिया।

मिनाक्षी: (अपना दाहिना हाथ बढाती हैं) हैप्पी बर्थडे टू यू!!!

तरुण: (हाथ मिलाता हैं और एक ठंडी मुस्कान) ओ माय गॉड! ओ माय गॉड!! थैंक यू, लेकिन आपको कैसे मालूम?

मिनाक्षी: एंड हियर इस योर गिफ्ट।

तरुण: ओ, थैंक्स वन्स अगेन।

मिनाक्षी: बताईये, आपको हमारी गिफ्ट कैसी लगी?

तरुण (रेपर खोलता हैं और एक प्यारा सा टेडी बेर निकलता हैं): ब्यूटीफुल इनडीड। थैंक्स वन्स अगेन। आपने बताया नहीं, आपको कैसे पता चला मेरा बर्थडे आज हैं। (अब खुल कर मुस्कुराता हैं।)

मिनाक्षी (थोड़ी गंभीर होकर): हैप्पी बर्थडे टेडी।

तरुण: आपने अभी क्या कहा? (मुस्कराहट कुछ फीकी होती हैं, फिर भी मुस्कुराने की पूरी कोशिश करता हैं।)

मिनाक्षी (अब बेहद गंभीर होकर तरुण की आँखों में घूरते हुए): सेलिन कैसी हैं?

तरुण (मुस्कराहट झटके में गायब हो जाती हैं और मुँह खुला रह जाता हैं, मिनाक्षी को घूरते हुए): क्या, क्या पूछा?

मिनाक्षी: आपकी सेलिन कैसी हैं? सेलिन मारिया जोसफ...

तरुण (बेहद स्तब्ध): टेडी, सेलिन, मेरा बर्थडे... यह सब आपको... आप कौन हैं? हू आर यू, कम ऑन टेल मी, हाउ डू यू नो सेलिन?

मिनाक्षी (एक दर्दनाक मुस्कान): सो, आई ऍम करेक्ट। हमने तो बस यूं ही चांस लेकर देखा था। तो आप सेलिन को जानते हैं और आप ही तरुण उर्फ़ टेडी हैं।

तरुण: मीनाक्षीजी, यह सब क्या हैं। आप बताईये आप कौन हैं, और सेलिन को कैसे जानती हैं?

मिनाक्षी: तरुणजी, यह बताईये, सेलिन का नाम कितने सालों के बाद अपनी जुबां पर लाये हैं? कैसे उसे भुला पाए आप? कैसे इतने बुज़दिल हो गए आप, हाँ? वह तो कमज़ोर थी, लेकिन आप चाहते तो बहुत कुछ हो सकता था न।

तरुण: (इतना सुनते ही गुस्सा कम हो जाता हैं) आप प्लीस मुझे यह बताईये आप कौन हैं, यह सब आपको कैसे पता?

मिनाक्षी (कंधे उचका कर, थोड़ी नरम होकर - गाडी से बाहर देखते हुए): आपको याद होगा, सेलिन की फ्रेंड वाणी। (रूककर और तरुण की तरफ देखते हुए) उसने आपसे हमारा यही नाम बताया था। आपका भी असली नाम हमें नहीं बताया था उसने, हम आपको टेडी नाम से जानते थे।

तरुण (काफी शांत हो कर, लेकिन अब भी हल्का सा घबराया हुआ): ओ। जी हाँ। वाणी, आप वाणी हैं। याद हैं, सेलिन कहा करती थी वाणी के बारे में। वाणी के ही बारे में कहती थी वह।

मिनाक्षी (फिर नकली गुस्सा करके): आज जितना पराक्रम दिखाते हैं न आप, पचीस साल पहले दिखाते तो....

एक अंतराल....

मिनाक्षी (अचानक सहानुभूति से उसे देखते हुए): तरुणजी, प्लीस, अपना मन हल्का कर लीजिये।

तरुण: मीनाक्षीजी, सालों हो गए हैं उसे मेरी ज़िन्दगी में आये, लेकिन लगता हैं, कल ही की बात हो।

वह फिर कुछ रुकता हैं। अपने आप को संभालने की कोशिश करता हैं। फिर से कहने लगता हैं।

तरुण: मैं बहुत अकेला था। साथ बिताये चंद लम्हो ने हम दोनों को सिखाया कि ख़ुशी क्या होती हैं। (रूककर) नौकरी लगने तक बहुत परेशान था मैं। पापाजी ने दोनों दीदियों की शादी बड़ी जल्द बाज़ी में करवा दी - जैसे उनको अपने जाने का पहले से ही अंदेशा था। मम्मीजी की तबियत भी खराब रहने लगी। उनके इलाज में काफी मुश्किलें आयी। इस बीच सेलिन की पढ़ाई रुकवा दी और उसे उसके मामा के पास भेज दिया। तब मैं मम्मीजी के इलाज में मशगूल रहता था, कुछ भी सोचने समझने का दिमाग ही नहीं था। मम्मीजी के जाने के बाद मेरा सिलेक्शन हुआ। ट्रेनिंग के बाद पोस्टिंग UP में थी। ज्वाइन कर के भोपाल लौटा, बस इतना पता चला कि सेलिन हमेशा के लिए केरला चली गयी। कोई कहता शादी करवा दी थी उसकी।

मिनाक्षी: हम दोनों स्कूल में साथ थे। सेलिन बड़ी अजीब थी। कभी भी सीधी बातें करती ही नहीं थी, इशारे देती थी हमेशा। बस एक बार खुल कर बात हुई थी जब

हम दोनों केरला आ रहे थे। हमने बहुत कहा, हम कोशिश करेंगे, लेकिन वह बड़ी कमज़ोर थी, घर वालों से बहुत डरती थी। (रूकती हैं...)

तरुण: लेकिन आपको कैसे पता चला के मैं ही टेडी हूँ?

मिनाक्षी (फ़ोन बजता हैं): हाँ, रिसेप्शन में हैं, ले लेना। (सुनने को रूकती हैं) हम बस पहुँचते हैं।

तरुण से मीनाक्षी: तरुणजी, चलिए। अब हमारे घर चलिए, आई हेव ए सरप्राइज फॉर यू।

तरुण (बहुत थका सा दिखता हैं): आपने तो इतनी सरप्राइसेस दे दी हैं, अब क्या रह गया हैं?

मिनाक्षी: चलिए, बताते हैं।

.._..

मिनाक्षी का घर। वह डोरबेल बजाती हैं। पूनम दरवाज़ा खोलती हैं।

पूनम: मिन्नू (उसे गले लगाती हैं) तरुणजी, नमस्ते। चलिए आपसे मुलाक़ात भी हो गयी।

तरुण: अरे पूनमजी आप, ए ब्यूटीफुल सरप्राइज।

तीनो अंदर आते हैं।

मिनाक्षी: आप दोनों बैठिये, सब के लिए चाय बनाते हैं।

तरुण: मीनाक्षीजी, आपने बताया नहीं।

पूनम: मिन्नू, चाय वगैराह रहने दे, बैठ यहाँ। और मुझे भी बता यह सब क्या हैं?

मिनाक्षी: ओके। आप दोनों को याद होगा, पिछले साल नवंबर में हमारे स्कूल का गेट टुगेदर हुआ था भोपाल

में - दीपावली के बाद। एक्चुअली, सेलिन की मम्मी ने अगस्त में हमें कॉल किया था, (पूनम की तरफ देखते हुए) जब हम पांच तुम्हारे घर में मिले थे। आंटी मिलना चाहती थी हमसे। पहले हमने कुछ नहीं कहा, फिर दो तीन बार उनका कॉल आया। हमारे ताऊजी का लैंडलाइन नंबर उनके पास था, वहीं से हमारा नंबर ले लिया था।

पूनम: तुम्हारे ताऊजी का नंबर उनके पास कैसे आया?

मिनाक्षी: पूनम, याद हैं, डिग्री II ईयर की शुरुआत में पापा का तबादला कोच्ची हो गया था। सेमेस्टर ब्रेक में हम घर आ रहे थे, टिकट भोपाल से मिला था। बस यूं ही सेलिन से मिलने चले गए थे। सभी बहुत बुझे बुझे दिख रहे थे। अंकल ने कहा, 'मिन्नू, सेलिन भी तुम्हारे साथ केरल जायेगी। उसकी दादी की तबियत ठीक नहीं हैं, मिलना चाहती हैं।' हमने सर हिला दिया, इस से ज़्यादा उनके सामने कोई कुछ कर भी नहीं सकता था। फिर कहने लगे, तुम अपने पापा का फ़ोन नंबर दे दो, मैं उन्हें खबर कर दूंगा। घर पर लैंडलाइन कनेक्शन मिला नहीं था, इसलिए ताऊजी का नंबर उन्हें दे दिया। उसी रात, हम दोनों भोपाल से रवाना भी हो गए। तरुणजी, आपने सुना था सेलिन मामा के पास गयी हैं। नहीं, उसे कोट्टयम में उसके चाचा के पास भेज दिया था।

तरुण: हम्म! उसने जाने से पहले अपने नेइबर के पास एक खत छोड़ा था। कहा था अपना ख्याल रखना। फिर कभी उसके बारे में कुछ भी मुझे पता नहीं चला।

मिनाक्षी: जी। दो हफ्ते बाद हम वापस जबलपुर चले गए, फिर उस से कोई ख़ास कांटेक्ट नहीं था। हम भी

पढ़ाई में व्यस्त हो गए, हमारा भोपाल जाना भी काम हो गया था। फिर शादी के बाद हम हमेशा के लिए यहां आ गए। लेकिन अब सोचते हैं, उस से कभी कांटेक्ट करने की कोशिश भी क्यों नहीं की?

पूनम: फिर उस से कभी नहीं मिली तुम?

मिनाक्षी: एक और मुलाक़ात हुई थी उस से 2004 में। अपनी रौशनी हैं न, उसकी छोटी बहन की शादी में हम तीनो गए थे, कोट्टयम से हुई थी शादी। जिस चर्च में सेरेमनी हुई, वही दिखी थी। हमने उस से बात करने की कोशिश की। बहुत फ़ोर्स करने पर उसने कहा कि वह इटली जाने का सोच रही हैं। उस ने नंदू के लिए कुछ स्वीट्स और कुछ कार्टून सी डी दिए। और हमें एक हिंदी फिल्म की सी डी दी। हमने हिंदी फ़िल्में देखना करीब छोड़ ही दिया था। और उस दिन वापसी में मां के घर होकर आये थे इसलिए वही कही रख दिया था। बस एक बार जब वहां गए थे, उस फिल्म को यहां वहां से देखा लेकिन सेलिन की बातें तब हमें समझ में आयी भी नहीं।

तरुण: आपके पास वह सी डी हैं अभी?

मिनाक्षी: नॉट श्योर। शायद मां के घर पर हो। (रुककर) ऐसे में जब आंटी का फ़ोन आया, तो पहले हमें समझ नहीं आया के क्यों मिलना चाहती हैं। आंटी कहने लगी एक घंटे के लिए सही, बस आ जाओ। तभी स्कूल फ्रेंड्स ने गेट टुगेदर प्लान किया। सो हमने तुरंत हाँ कर दी। नवंबर में, भोपाल गए। आंटी से भी मिले।

मिनाक्षी रूककर एक गहरा सांस लेती हैं।

मिनाक्षी: आंटी ने हमें गले से लगा लिया और खूब रोई। अंकल तो पेरेलाइस हो गए हैं, लेकिन सब सुनते समझते थे। हमारी हिम्मत नहीं हो रही थी सेलिन के बारे में पूछने की।

मिनाक्षी फिर रूकती हैं और तरुण की तरफ देखती हैं।

मिनाक्षी: कोट्टयम से सेलिन को इटली भेज दिया था, वह नन बन गयी थी। (एक लम्हा रूकती हैं) सब आपकी वजह से तरुणजी। बस थोड़ी सी हिम्मत दोनों ने दिखाई होती तो आज दोनों ही....

पूनम: नहीं मिन्नू, कूल डाउन। ऐसा नहीं कहते, आगे बताओ।

मिनाक्षी: आंटी ने हमें एक पार्सल दिया, कहने लगी पार्सल पर मिनाक्षी मेनन लिखा देख कर उन्होंने हमें कांटेक्ट किया था। (रूककर) इटली से सेलिन के साथ भेजा गया हैं।

तरुण: सेलिन के साथ भेजा गया - मतलब...

मिनाक्षी: मतलब सेलिन खुद नहीं ला सकती थी, इसलिए भेजा गया - उसके बॉडी के साथ...

तरुण शॉक्ड हो जाता हैं। सब ही गहरी चिंता में कुछ पल बैठते हैं...

पूनम: तरुणजी, प्लीस कंपोज़ योरसेल्फ।

मिनाक्षी: अगस्त ११, २०२२. सालों तक २४ घंटो में सिर्फ एक बार खाना खाती थी, मॉर्निंग ब्रेकफास्ट - वह भी नापतोल कर। सारा समय मिशनरी हॉस्पिटल में बिताती - मरीज़ों की सेवा सुश्रुषा करती, सभी का हेल्प करती - जैसे खुद को सजा दे रही हो।

फिर से ख़ामोशी!!

मिनाक्षी: उसका किसी के साथ कोई कांटेक्ट नहीं था। उसे हमारे पापाजी, ताऊजी सबके लैंड नंबर ज़ुबानी याद थे। फिर भी उसने कांटेक्ट करने की कभी कोशिश नहीं की। जब सब ख़त्म हो गया तब भोपाल कॉल आया के फॉर्मलिटीज के बाद उसे वापस भेज रहे हैं - कलेक्ट कर लेना। और वह आयी - अकेली, निडर।

फिर से चुप्पी। तरुण बिलकुल बुझा हुआ लगता हैं।

मिनाक्षी: घर आकर हमने पार्सल खोल कर देखा, उसकी चंद डायरी और कुछ खत। कुछ चॉकलेट रैपर्स और एक चैन। बस उसकी अब तक की ज़िन्दगी वह हमारे हवाले कर के चली गयी।

मिनाक्षी पार्सल लेती हैं और तरुण को देती हैं: तरुणजी, अब यह आपकी हैं। लीजिये, आपकी सेलिन आज आपको लौटा रहे हैं...

तरुण पार्सल लेता है, अपने करीब पकड़कर रो पड़ता हैं। (वह घूम कर सोफे के बैकरेस्ट पर झुककर धीमी आवाज़ में रोता हैं)। मिनाक्षी उसे संभालने के लिए उठती हैं लेकिन पूनम उसे रोक देती हैं। पूनम और मिनाक्षी - दोनों ही सोफे पर बैठ कर तरुण के ठीक होने का इंतज़ार करते हैं। तरुण अपने आप को बमुश्किल संभालता हैं और धीमे स्वर में कहता हैं।

तरुण: एक छलावा और मैं अकेला किरदार। (बड़े देर तक चुप्पी छा जाती हैं। तरुण फिर अपने आप को संभालने की कई नाकामयाब कोशिशे करता हैं, फिर एक दयनीय मुस्कराहट लाता हैं।

तरुण (खुद को संभाल कर): मीनाक्षीजी, आप हमें कॉफ़ी पिलायेंगी?

मिनाक्षी: ओ श्योर, ज़रूर। अभी लीजिये।

मिनाक्षी उठती हैं और पूनम से ध्यान रखने का इशारा देती हैं। पूनम आँखें मींच देती हैं।

तरुण डायरियां पढता है। बीच में वह चेन उठता हैं और गौर से उसे देखता हैं। पूनम वही बैठी उसे गौर से देखती हैं।

मिनाक्षी कॉफ़ी लाती हैं और तरुण और पूनम को पकड़ाती हैं। फिर वापस जाकर अपनी कॉफ़ी और स्नैक्स ले आती हैं। किसी औरत को जैसे कोई अनमोल गहना मिले और उसे बार बार उलट पलट कर देखे, उसी तरह तरुण डायरियों के पन्नो को सहलाता हैं। इस दौरान वह बमुश्किल अपने आप को संभालता हैं फिर भी बीच में हालात उसके काबू से बाहर हो जाते है। वह कभी छत की ओर देखता हैं और गहरी गहरी साँसे लेकर खुद पर काबू पाने की कोशिश करता हैं। जब वह कुछ शांत हो जाता हैं तब वह मिनाक्षी को देखने की कोशिश करता हैं।

तरुण: मीनाक्षीजी, यह क्या बर्थडे गिफ्ट दे दिया मुझे आपने। सेलिन को मुझे दिया भी और छीन भी लिया। मुझे तो हमेशा यह ख्याल और सुकून रहता था कि वह कहीं तो हैं, कैसे मान लूँ कि अब वह कहीं नहीं हैं।

फिर से, कुछ पलों के फिर चुप्पी...

पूनम: मिन्नू, तुमने नहीं बताया, तुमने यह कैसे पता लगाया के तरुणजी ही टेडी हैं!

मिनाक्षी: आप दोनों जानते हैं, हम भोपाल के गेट टुगेदर के बाद से बहुत ही ज़्यादा डिस्टर्बड थे। सेलिन का ख्याल दिल से उतरता ही नहीं था। दिन में तो ऑफिस में बिजी रहते, शाम घर लौट कर बहुत अकेला महसूस करते। इंगेज्ड रहने के लिए फिल्मे देखते। एक शाम हम एक फिल्म देख रहे थे। शुरू से ही हमें बहुत अजीब सा लग रहा था। लेकिन समझ नहीं आ रही थी कि बात क्या हैं। फिर एक गाने की शुरुआत में.... उस मुस्कान पर हमारा ध्यान अटक गया। सेलिन कहा करती थी टेडी हूबहू उस एक्टर की तरह दिखते थे, हमेशा उस मुस्कान का ज़िक्र भी करती थी। CD देते वक़्त भी उनसे कहा था कि उसी गाने में टेडी छुपे हुए हैं। जब पहले फिल्म देखी थी, तब हमें कुछ भी महसूस नहीं हुआ था। अब देखी तो बात ही कुछ और निकल आयी। (कंधे झटकती हैं) थैंक्स टू फरहान अख्तर, नहीं तो हम कभी इन्हे पहचान ही नहीं पाते। और सेलिन ने भी कितनी खूबी से यह मैसेज दिया था...

फिर हम तरुणजी को बर्ड सैंक्चुअरी ले गए जहां उनके पक्षी प्रेम ने कन्फर्म कर दिया के वह ही टेडी हैं!! यह क्रेडिट भी सेलिन को ही जाता हैं।

मिनाक्षी (रूककर): पहले तो बड़ा गुस्सा आया। फिर सेलिन से हमने कहा, सुन, तेरे टेडी को मैंने ढूंढ लिया हैं। अब सामने खड़ा करके पूछूँगी, 'कहाँ चले गए थे, सेलिन को छोड़ कर'। फिर लगा, रहने दूँ, किसी को कुछ भी पता न चले, तो ही अच्छा हैं। जैसा चल रहा हैं वैसे ही चलने दूँ। तब याद आया फेब्रुअरी २८ को तरुणजी का बर्थडे हैं।

पूनम का भी अचानक प्लान बन गया यहां आने का, तो फिर हमने सोचा, चलो, बात निकलने ही दो।

कुछ पलों के लिए फिर शांति - जैसे बरसात रुक गयी, लेकिन पत्ते अब भी बरस रहे हो!!!

पूनम: मिन्नू, फ़र्ज़ कर, अगर तरुणजी टेडी नहीं होते तो तुम क्या करती?

मिनाक्षी: बस एक सॉरी कह देती। भई दोस्ती हैं, इतना तो चलता हैं। (वह हसने की कोशिश करती हैं।)

मिनाक्षी तरुण को देख कर: तरुणजी, सब जानने के बाद भी अगर मैं आपको नहीं बताती तो आपसे नाइंसाफी करती। और सेलिन के लिए इतना भी नहीं करती तो उस से नाइंसाफी करती। दोनों ही मेरे दोस्त हैं। सब कुछ मन में दबाये मैंने कैसे इतने दिन गुज़ारे हैं, मैं ही जानती हूँ आपने कैसे इतने अरसे तक यह सब सह लिया? (रूककर) सालों बाद आपके ज़ख्मों को कुरेदा हैं, मैं आपकी गुनहगार हूँ।

तरुण: मीनाक्षीजी, दोस्त भी कहती हैं और गुनहगार भी। आप जानती हैं सेलिन मुझे माफ़ नहीं करेगी। इन बीते सालों में, सोचता था बस मैं ही इंतज़ार कर रहा हूँ। लेकिन उसने तो इंतज़ार से भी बड़ी इम्तेहान देकर मुझे हरा दिया। कभी तो एक पल के लिए, मेरे ख्याल में भी आया था कि सेलिन अब किसी और की हैं। ऐसे में मुझे क्या करना चाहिए था - उसे याद करता या उसे भूलने की कोशिश करता - दोनों ही मेरे लिए बेहद दर्दनाक थे। मिन्नू, अब मैं क्या करूँ, उसे याद करूँ या भूल जाऊं?

पूनम: आप क्यों सेलिन को भूलना चाहते हैं? वह तो कभी आपको भूली ही नहीं, और कभी आपसे जुदा भी नहीं थी। अब जो भी हुआ, सब कुछ उसके प्रेसेंस की मनिफेस्टेशन्स हैं, ऐसा मानिये। सेलिन हमेशा हम सबके साथ ही रहेगी। बाकी सब छोड़ दीजिये....

तरुण धीमे से मुस्कुराने की कोशिश करता हैं और कुछ हद तक अच्छा भी महसूस करता हैं। लेकिन मन उसका अब भी भारी ही हैं।

पूनम: तरुणजी, मुझे एक बात की ख़ुशी हैं। मिन्नू ने आपको अपने इन्नर सर्कल में शामिल कर लिया हैं - वह हम से मैं बन गयी हैं।

मिनाक्षी (खुश होते हुए): बिलकुल सही। याद हैं वेद कहा करता था -

दोस्तों से कभी तक्कल्लुफ़ नहीं किया कीजिये..
वरना वह तू से तुम और आप हो जाएंगे....

तरुण: हम्म। (मुस्कुराता हैं)

.._..

तरुण अपने स्टडी टेबल पर हैं। अपनी कुर्सी पर बैठे, वह पहले सेलिन की डायरियां निकलता हैं, उन्हें प्यार से छूकर अपनी डायरी निकलता हैं और लिखता हैं

तुम जो छोड़ गए, तुम जैसा प्यारा नहीं
तुम जो लेकर गए, जोड़ उसका दूसरा नहीं
तरुण अपने इसी चेयर में बैठकर सोचता हैं
ये रास्ते चले मीलों तक
कभी थकते नहीं और रुकते नहीं

इंसान लेकिन जब चलते हैं
थकते भी और रुकते भी
हवाओं की साँसे भरपूर
कभी थकते नहीं और रुकते नहीं
इंसानों की साँसे लेकिन
थकते भी और रुकते भी
कौन झूझे ऐसे तक़्दीरों से
किसमें इतने हौसलें हैं
हर किसी की नाकाम कोशिशें
थकते भी और रुकते भी

32

एक दिन तरुण सुबह ही मिनाक्षी को कॉल करता हैं। मिनाक्षी फोन उठाती हैं।

मिनाक्षी: तरुणजी, हेलो। आज सुबह सुबह??

तरुण: मिन्नू, आज शाम को फ्री हो?

मिनाक्षी: हम्म! आज? हाँ फ्री हैं, बताईयें।

तरुण: ठीक हैं। मेनोन्स कार्नर पर मिलना, ठीक 5.30 बजे।

इस से पहले के मिनाक्षी कुछ कहे, तरुण फोन काट देता हैं।

मिनाक्षी जब पहुँचती हैं तो वह देखती हैं कि तरुण पहुँच चुका हैं।

मिनाक्षी: तरुणजी, क्या हुआ, सब खैरियत तो हैं।

तरुण: बैठो। मिन्नू, याद हैं आज की तारीख?

मिनाक्षी: जी, मुझे तो पता हैं आप बताईयें।

तरुण: एक साल पहले हम मिले थे वर्कशॉप में। (अभिनय करते हुए) एक्सक्यूस मी, मे आई.. एक्सक्यूज़ मी, आप स्मोक कर रहे हैं??? (और हँसता हैं...)

मिनाक्षी हसती हैं।

तरुण: और तुमने वेद को कितनी डाँट लगाई थी।

(दोनों हँसते हैं।)

तरुण: मिन्नू, यह लो। (उसे एक गिफ्ट देता हैं।)

मिनाक्षी: ओ, मेरे लिए, थैंक यू। खोलूं?

तरुण: हाँ हाँ क्यों नहीं। और यह आइसक्रीम मत भूलना।

मिनाक्षी रेपर खोलती हैं और एक प्यारा सा रिस्ट वाच निकालती हैं।

मिनाक्षी: सो ब्यूटीफुल। वन्स अगेन, थैंक यू।

तरुण (थोड़ा गंभीर होकर): सेलिन बताती थी तुम्हारी दो पसंदो के बारे में - रिस्ट वॉचेस और आइसक्रीम!!

मिनाक्षी (मुस्कुराती हैं और धीरे धीरे आइसक्रीम खाते हुए सोचती हैं। फिर एक लम्बी चुप्पी के बाद गंभीर होकर): तरुणजी, जहां तक मुझे याद हैं, आप और सेलिन एक ही कॉलेज में थे, और आप उसके सीनियर थे। सेलिन तो स्कूल में मेरी क्लासमेट थी, फिर आप...

तरुण: मैंने डिग्री के बाद एम् बी ऐ के लिए ज्वाइन किया था भोपाल स्कूल ऑफ़ सोशल साइंसेज। तब वह बी ऐ II ईयर में थी।

मिनाक्षी: हाँ। राइट। और वह एक ड्रामा कम्पटीशन के बारे में भी कहा करती थी, आपका कॉलेज फर्स्ट आया था। और तो कुछ याद सा नहीं हैं।

तरुण: मुझे एक एक लम्हा याद हैं। इंटर यूनिवर्सिटी ड्रामा कम्पटीशन में यूनिवर्सिटी को रिप्रेजेंट करने के लिए हमारे कॉलेज का सिलेक्शन हुआ। मैंने अपनी कहानी पैनल में सुनाई और चांस मिल गया। मेरा पहला डायरेक्टोरियल वेंचर - मैं सातवें आसमान पर था। पूरी कास्ट भी तय हो

गयी और प्रैक्टिस शुरू कर दी। कुल 25 दिनों का समय था। लीड एक्ट्रेस की एक सहेली जो उसके साथ आती थी, बड़ी खामोश, दूर बैठी रिहर्सल देखती। दो तीन दिन बाद तो उस पर मेरी नज़र पड़ी। इतनी बड़ी आखें मैंने कभी नहीं देखी थी। मैं जैसे उनमे डूबता चला गया। एक रोल भी ऑफर किया ताकि ज़्यादा देर साथ रह सके, लेकिन शी स्लिप्प्ड़ अवे। मैंने सोचा शायद वह आना ही छोड़ दे, इसलिए फिर कुछ नहीं कहा। इसी तरह हम दोनों एक दुसरे को रोज़ देखते और खुश होते थे। एक दिन मैंने बात करने की कोशिश की, लेकिन वह दौड़ कर अपने क्लास में चली गयी। शाम को घर जाते वक़्त मैंने उसका पीछा किया - उन दिनों सभी बाइसिकल से आते थे। मैंने उस से पुछा - सेलिन, तुम मुझसे भागती क्यों हो? तब उस ने कहा - मैं आप से नहीं भाग रही हूँ। आप तक भाग रही हूँ, विश मी गुड लक.

मिनाक्षी: जो हमेशा चुप रहते हैं न, जब बोलते हैं तो गज़ब कर जाते हैं।

तरुण: हम्म। फिर कम्पटीशन में ज़बरदस्त परफॉरमेंस और हमारा प्ले 1st प्राइज ले आया। सेलिन बहुत खुश थी। हम अक्सर मिलने लगे। हम दोनों अपनी दुनिया में मशगूल रहते थे। यह कड़ा उसकी गिफ्ट हैं। उसने 27 साल पहले पहनाई थी, आज भी मेरे साथ हैं। बस अब यह ही रह गया हैं।

मिनाक्षी: एक बात पूछें, आपने फिर शादी क्यों नहीं की? आपको तो पता चला था कि सेलिन की शादी हो गयी। आप चाहते तो शादी कर सकते थे न।

तरुण (उसे सुनता हैं, एक थकी सी मुस्कराहट के साथ उसे देखता हैं, फिर दूर कही देखता हैं। कई पल वही एकटक देखता हैं, फिर मिनाक्षी की ओर देखकर): मिन्नू, (रूककर) मैं तुमसे शादी करना चाहता हूँ, तैयार हो?

मिनाक्षी (जैसे बिजली गिरी हो): क्या, क्या कहा!!

तरुण: यही कि तुम मुझसे शादी करोगी?

मिनाक्षी (लम्बी चुप्पी के बाद बोलने की कोशिश करती हैं): आप... आप यह क्या...

तरुण (धीरे से मुस्कुराते हुए): मिल गया तुम्हारे सवाल का जवाब।

तरुण एक गहरी, लम्बी सांस लेकर बहुत ही उदास मुस्कराहट के साथ: मिन्नू, तुम यह सुनो, ज़िन्दगी में बस एक ही बार किसी को दिल में बसाया जा सकता हैं, यह तुम भी अच्छे से जानती हो यूं तो कई लोग आते हैं और चले भी जाते है, लेकिन दिल में जिसे एक मर्तबा बसाया हैं, उसकी जगह कोई और कभी भी नहीं ले सकता। (रूककर) तुम ही बताओ, तुमसे हो सकेगा किसी और के बारे में सोचना।

तरुण नज़र हटाकर दूर कही देखता हैं। मिनाक्षी अब भी हैरान हैं। वह रो पड़ने के कगार पर हैं, लेकिन खुद को संभाल रही हैं।

तरुण: मिन्नू, आज यह बात निकल आयी हैं तो मैं भी तुमसे पूछता हूँ, तुमने दूसरी शादी क्यों नहीं कर ली? तुम भी तो अकेली हो। बेटा भी अपनी ज़िन्दगी में मशगूल हो गया हैं, और उसे बिजी होना भी चाहिए। उस दिन तुम्हारी तबियत खराब हो गयी, होस्पिटलाइस

हो गयी। अकेली थी, कोई भी साथ नहीं था। ऐसा कैसे चलेगा?

मिनाक्षी बहुत दुखी नज़र आती हैं और कुछ भी बोल नहीं पा रही हैं।

तरुण: याद हैं, एक दिन मैंने तुमसे नंदू के पापा के बारे में पुछा था। तुमने सिर्फ इतना कहा

वह था तो सबका हुआ..

जब गया तो मेरा गया....

(रूककर) न ज़्यादा कहने की ज़रुरत हैं, न ही कोई गुंजाइश हैं।

मिनाक्षी गहरी सांस लेती हैं, उसकी आँखें भरी सी हैं।

तरुण: मिन्नू, यही मुझे भी कहना हैं। वह थी तब बस मेरी थी, अब गयी तब भी मेरी ही गयी। शायद ही किसी को उसके होने और जाने का दर्द महसूस हुआ हो। फिर तुमसे पता चला के वह अब हर दर्द से परे हैं, तो मैं भी इस बात पर खुश रहने की कोशिश कर रहा हूँ। (दर्द झरने की तरह बहता हैं, फिर भी मुस्कुराने की कोशिश करता हैं।)

मिनाक्षी: इसीलिए मैं किसी का इंट्रूशन पसंद नहीं करती। आपको पता हैं, कोई भी मेरी वजह से परेशान हो मुझे अच्छा नहीं लगता। आज तो सब मुझे अपना कहेंगे, सहारा देने के लिए आगे आएंगे। लेकिन अगर कल मैं फिजिकली या मेंटली चैलेंज्ड हो गयी, तो उनपर मैं एक बोझ बन जाऊंगी।

तरुण: तुम कितनी भारी हो वह तो मैं देख ही रहा हूँ, मेरे एक ही सवाल पर बोलती बंद हो गयी। (मुस्कुराते

हुए दूर देख कर): मिन्नू, कुछ रिश्तें ऐसे ही होते हैं, नाम देने की कोशिश ही नहीं करनी चाहिए। तुम्हारी मेरी दोस्ती हैं, हमेशा दोस्त बने रहे, बने रहने दे, यही सही हैं, यही अच्छा हैं। (कुछ पल रूककर, उसे देखता हैं और उसे हसाने की कोशिश करता हैं): अरे भाई, तुम इतना चुप चुप मत रहा करो, अच्छी नहीं लगती हो.

मिनाक्षी (अब भी गंभीरता से सोचते हुए): तरुणजी, क्या आपको नहीं लगता आप हार गए?

तरुण: मेरी हार या जीत कोई मायने नहीं रखती हैं। (रूककर) सेलिन के पेरेंट्स ने हम दोनों को जुदा करके हमें हरा दिया। सेलिन ने सबको छोड़ कर सबको हरा दिया। मैं हारता रहा, और सब जीतते रहे... अब कहाँ गए सब? अपनी अपनी जीत हासिल करके भी क्या वह खुश हैं? (रूककर) अब अपनी बाताओ, तुम हारी या जीती?

मिनाक्षी: मुझे नहीं पता। पर इतना ज़रूर जानती हूँ वह हार कर भी जीत गए। लेकिन उनकी यह जीत भी कितनी अजीब हैं। उनकी इस जीत ने मुझे अकेला छोड़ दिया और चारों तरफ से सिर्फ दर्द ही दिया हैं। ऐसा दर्द जो मुझे कभी जीने नहीं देगा।

तरुण: नहीं मिन्नू, यह दर्द नहीं हैं। यह एक ऐसा एहसास हैं, ऐसी महक हैं जो तुम्हे हर गर्दिश में जिला देगी। इसके आगोश में तुम हमेशा महफ़ूज़ रहोगी। यह सिर्फ तुम्हारी दुनिया हैं, सिर्फ तुम्हारी।

मिनाक्षी के आँखों से आंसू टपक जाते हैं, लेकिन वह बहुत नियंत्रित हैं।

तरुण: अब समझी, ज़िन्दगी में एक प्यार सबके लिए तय होता हैं। एक से ज़्यादा हो तो, वह प्यार नहीं रहता, कुछ और हो जाता हैं।

मिनाक्षी मुस्कुराने की कोशिश करती हैं।

तरुण: पगली कहीं की। तुम्हारे सवालों का ऐसे ही तोड़ बनता हैं।

33

कोच्ची, मार्च 16, तरुण का ऑफिस। तरुण का मोबाइल रिंग करता हैं।

तरुण: भावना, कैसा हैं मेरा बेटा?

भावना: पापा, गुड मॉर्निंग। आप ऑफिस में हैं?

तरुण: वेयर एल्स? तुम सुनाओ, आज सुबह सुबह क्या चल रहा हैं?

भावना: पापा, मेरा अपॉइंटमेंट लेटर आ गया हैं। ज्वाइन करने से पहले में आपसे मिलना चाहती हूँ।

तरुण: बेटा, कब ज्वाइन करना हैं? बता दो, मैं कलकत्ता या हैदराबाद आ जाऊंगा।

भावना: मैं सोच रही थी कि कोच्ची आ जाऊं आपसे मिलने। सुबह पहुँचूँगी और शाम को लौट जाऊंगी। एक पूरा दिन आप और मैं, बस।

तरुण: ठीक हैं, तुम यही आ जाओ।

(तरुण के केबिन डोर पर खटखटाहट)

तरुण फ़ोन में: एक मिनट बेटा। (डोर की तरफ) यस, प्लीज कम इन।

भावना (दरवाज़ा खोल कर): लो, मैं आ गयी।

तरुण: ओ माय गॉड। तुम यहां। यार, ऐसे झटके मत दिया करो तुम।

भावना: हम्म। मि. तरुण सिन्हा अब एक बेटी के बाप की तरह बिहेव कर रहे हैं...

तरुण (उसे प्यार से गले लगाता हैं और माथा चूम लेता हैं): चुप बदमाश। बैठ यहां। बताया क्यों नहीं कि आ रही हो।

भावना: सरप्राइज देना चाहती थी। बट मोर देन देट - पहली बार जॉब पर जा रही हूँ। चाहती थी अपने घर से आपके आशीर्वाद के साथ इस दुनिया में अपना पहला कदम रखूँ।

तरुण: बहुत बड़ी हो गयी हो। हम्म... बातें भी बड़ी बड़ी करने लगी हैं।

भावना: आपने मेरा बचपन देखा ही कहाँ हैं। आपने तो क्या, किसी ने भी नहीं देखा हैं। अपने बचपन को मैंने भी महसूस नहीं किया हैं। लेकिन आपसे मिलने के बाद मुझे लगता हैं मेरा बचपन फिर लौट आया हैं

तरुण: अच्छा सुनो। तुम कुछ देर बैठो। लंच करके घूमने चलते हैं।

तरुण अपना कुछ ज़रूरी काम निपटा लेता हैं और दोपहर तक फ्री हो जाता हैं। फिर वह एन को बुलाता हैं।

तरुण: एन, मीट माय डॉटर, भावना मल्होत्रा। शी इस जोइनिंग EY एट हैदराबाद। भावना, माय कलीग, एन।

(एन आश्चर्यचकित हैं।)

भावना: हेलो। प्लीस्ड टू मीट यू।

एन: सैम हियर। बेस्ट ऑफ़ लक।

तरुण: एन, आफ्टर नून में लीव पर हूँ। विल कंटीन्यू टुमारो।

दोनों तुरंत ही निकलते हैं और एक होटल में जाते हैं। दोनों खाना खाकर आते हैं।

तरुण: बेटा, आज मैं तुम्हे किसी से मिलवाता हूँ।

तरुण मिनाक्षी को कॉल करता हैं

मिनाक्षी: हेलो. कैसे हैं आप?

तरुण: तुम आज शाम फ्री हो?

मिनाक्षी: तरुणजी, मैंने आज छुट्टी ले ली, घर पर हूँ।

तरुण: ओके, मिलते हैं। तुम वही रुको।

दोनों मिनाक्षी के अपार्टमेंट में पहुँचते हैं।

मिनाक्षी दरवाज़ा खोलती हैं और भावना को मुस्कुराते हुए खड़ा पाती हैं।

भावना: गुड इवनिंग। आप मीनाक्षीजी हैं।

मिनाक्षी: यस, कहिये। आप कौन?

भावना: मैं आपके फ्रेंड की बेटी हूँ।

मिनाक्षी: फ्रेंड? कौन??

तरुण: भावना, उन्हें तंग मत करो. मिन्नू, मैं बताता हूँ, तुम चलो। (और सब अंदर आते हैं)

मिनाक्षी: तरुणजी, यह सब क्या???

तरुण: मिन्नू, याद हैं सेलिन की पड़ोसन, उसकी एक सहेली - रूप मल्होत्रा। उसी रूप की बेटी हैं भावना। सेलिन के आखरी खत के बारे में मैंने तुमसे बताया था न, वह रूप को ही दिया था। उसमे सेलिन ने इस नटखट भावना के बारे में भी लिखा था।

मिनाक्षी: और आपने उस दिन हमें बताया नहीं।

तरुण: हम्म। तब मन में और कुछ था ही नहीं। चलो बेटा, आशीर्वाद लो।

भावना: मेडम, ब्लेस मी। मेरी पोस्टिंग हो गयी हैं, जल्दी ही ज्वाइन करूंगी।

मिनाक्षी: सबसे पहले - नो मेडम। कॉल मी ऑन्टी। वैसे मौसी भी कह सकती हो। तुम्हे कभी देखा तो नहीं। मेरा आशीर्वाद हमेशा साथ रहेगा।

तरुण: मिन्नू, इसका एम्.टेक. हो गया हैं और अब जॉब भी लग गयी हैं। अब इसकी शादी करवानी हैं। कोई मलयाली लड़का हो तो तुम बताओ। आसानी रहेगी।

भावना: पापा, अगर आपने सपने में भी ऐसा सोचा तो मैं जॉब छोड़कर घर पर बैठ जाऊंगी, फिर कराना मेरी शादी।

मिनाक्षी: तरुणजी, पापा??

तरुण: क्यों, चौंक गयी। (रूककर) मिन्नू, मुझे मालूम नहीं इसके पापा मल्होत्रा हैं या इसके नाना। बस रूप मल्होत्रा थी, सो इसका नाम भावना मल्होत्रा रख दिया था - केयर ऑफ़ तरुण सिन्हा। काफी लेट इसकी स्कूलिंग शुरू हुई, लेकिन इस ने कभी निराश नहीं किया। अब इसका सब मैं ही हूँ।

मिनाक्षी: आप इसके लिए... कब से?

तरुण: जब से सेलिन भोपाल छोड़ कर गयी।

मिनाक्षी: स्पीचलेस, तरुणजी। सेलिन कितनी खुश होगी। (भावना से) बेटा, कम हियर।

मिनाक्षी अपना ब्रेसलेट उतारती हैं और भावना के कलाई पर पहना देती हैं।

मिनाक्षी: तरुणजी, आप मना नहीं करेंगे, यह मेरा हक़ बनता हैं। बेटा, मुझे पुरानी बातें कुछ भी नहीं सुननी

हैं। बस, आप अपने पापा से भी बहुत बहुत ऊँचाई पर पहुंचना। (फिर बड़े दुलार से गले लगा लेती हैं) चलो मुँह मीठा कराती हूँ। (मिनाक्षी कुछ मिठाई लाती हैं और दोनों को देती हैं।)

तरुण: शुगरलेस टी और स्वीट्स - यह हैं इनका कॉम्बिनेशन - हैं न अजीब।

भावना: नहीं, अजीब क्यों। यह तो पर्सनल चॉइस हैं।

तरुण: मिन्नू, चले बाहर। डिनर साथ करेंगे और इसे एयरपोर्ट पर छोड़ते आएंगे।

मिनाक्षी: नहीं तरुणजी, नॉट टुडे। मासी और इंदु आ रहे हैं। इंदु की बेटी की सगाई हैं। गोल्ड खरीदने आ रही हैं। आज यही स्टे करेंगे दोनों।

तरुण: ओह। क्रिकेटर मासी। हमने तो उन्हें कैचआउट कर दिया था न। ओके, देन। हम निकलते हैं।

भावना: बाय आंटी, मासी...

मिनाक्षी: हाँ, हाँ, तुम डिसाइड कर लो - जो बुलाना हो, बुला लो भावना बेटा, बेस्ट ऑफ़ लक टू यू - ऑलवेज।

दोनों मिनाक्षी के घर से निकलते है। तरुण और भावना कुछ शॉपिंग करते हैं।

एयरपोर्ट की तरफ ड्राइव जारी हैं।

भावना: पापा, आपने सेलिन आंटी के बारे में तो बताया था, लेकिन मिन्नू आंटी के बारे में कभी नहीं बताया।

तरुण: हम्म्म। हम बहुत अच्छे दोस्त हैं एंड वी हेव मेनी थिंग्स इन कॉमन।

भावना: जैसे आप दोनों क्यूट हो, स्वीट हो और अकेले भी हो।

तरुण (भावना के इशारो को नज़रअंदाज़ करते हुए): सुनो, तुम यह ब्रेसलेट संभाल कर रखना, उसकी फेवरिट हैं।

भावना: जानते हैं मि. तरुण।

तरुण: अरे बदमाश, बाप को नाम लेकर बुलाती हैं।

भावना: एक बात कहूँ?

तरुण: बकवास हैं तो मत कहना।

भावना: आप सुनिए तो। मिन्नू आंटी ने मुझसे कहा था कि मैं उन्हें मासी बुलाऊँ। बताईये, मासी क्यों, माँ क्यों नहीं??

तरुण: बस मुझे पता था, तुम्हारी समझदारी एक तरफ और तुम एक तरफ। तुम मासी बुलाओ, माँ बुलाओ, इस से मुझे क्या!

भावना: हे भगवान्, तू ही अब नीचे उतर कर आ। अरे, आप चाहेंगे तब न माँ बुला पाऊंगी।

तरुण: भावना मल्होत्रा, इनफ। अब तुम अपनी चोंच बिलकुल बंद कर लो और चुप चाप बैठी रहो। क्या बच्चों जैसी बातें करती हो।

भावना: अच्छा, सुबह बोले बड़ी हो गयी, अब बोलते हो बच्ची हूँ। कुछ पक्का बताईयें। आप हमेशा जब मर्ज़ी जो मन में आये बोल देते हो।

तरुण: चुप, बिलकुल चुप। उल्टा चोर कोतवाल को डांटे। आ गया तेरा एयरपोर्ट, निकल जल्दी से।

उसे ड्राप करके बड़े प्यार से उसे गले लगाता हैं। जब वह अंदर की ओर चलने लगती हैं तो हाथ हिला कर दिखाता हैं। फिर घर लौट आता हैं।

तरुण का स्टडी टेबल। वह फिर लिखता हैं।

सेलिन,

तुम मेरी वेदना हो और मिनाक्षी मेरी संवेदना हैं। तुम्हे मेरी ज़िन्दगी में अपनी मर्ज़ी से लाया था, मिनाक्षी मेरी ज़िन्दगी में मेरी इजाज़त के बिना खुद ही दाखिल हो गयी। तुम मुझे कितने सब्र से सुनती थी और मिनाक्षी जाने क्या क्या बोलती रहती हैं। दोनों कितनी अलग अलग हो, लेकिन दोनों ने ही मुझे एक जैसा परेशान किया हैं। और दोनों ही को हमेशा अपने बहुत करीब भी पाया हैं मैंने।

सेलिन, तुमने मुझे प्यार दिया और मिनाक्षी ने मुझे पहचान - एक अच्छा दोस्त बन पाने की पहचान।

34

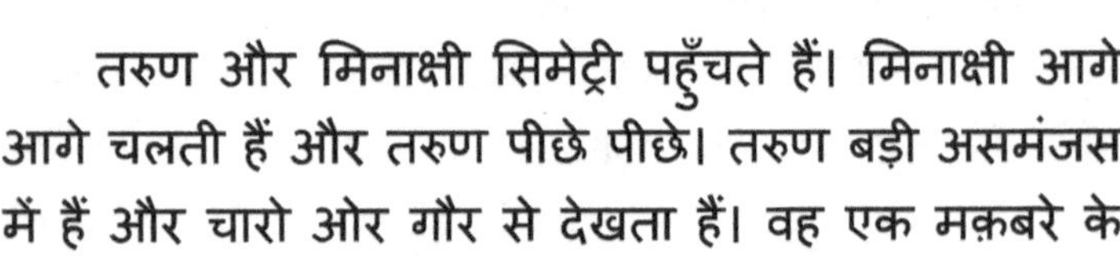

तरुण और मिनाक्षी सिमेट्री पहुँचते हैं। मिनाक्षी आगे आगे चलती हैं और तरुण पीछे पीछे। तरुण बड़ी असमंजस में हैं और चारो ओर गौर से देखता हैं। वह एक मक़बरे के करीब पहुँच कर रुक जाती हैं। तरुण भी उसके पास आकर पहले मक़बरे को फिर मिनाक्षी को देखता हैं।

मिनाक्षी: तरुणजी, यह हैं आपकी सेलिन।

तरुण की अवस्था देख कर मिनाक्षी को एक बार लगा कि उसे तरुण को यहां नहीं लाना चाहिए था, उसे तरुण शिथिल होता नज़र आ रहा हैं।

मिनाक्षी: तरुणजी, आप ठीक तो हैं न।

तरुण: मिन्नू, मैं कुछ देर अकेले बैठना चाहता हूँ।

मिनाक्षी: ज़रूर। आई विल बी देयर इन द कार।

तरुण मकबरे के बाजू में बहुत ही शांत बैठता हैं। वह कुछ फूल वहां रखता हैं। उसकी पथरीली निगाहें किसी सोच में गुम हैं और निरंतर मकबरे की तरफ ही गड़े हैं।

कई पलों के बाद।

तरुण: सेलिन, अब तक मैंने तुम्हारा इंतज़ार किया, आगे तुम मेरा इंतज़ार करना। मेरे जितना इंतज़ार तुम्हे नहीं करना पड़ेगा, इतना वादा ज़रूर करता हूँ।

वह वापस गाडी में आता हैं और दोनों सफर शुरू करते हैं।

मिनाक्षी: हो गयी सेलिन से बातें।

तरुण: हम्म। मिन्नू, वह अकेली, उस मिटटी के नीचे, अँधेरे में (रूककर) कितनी घुटन होगी न...

मिनाक्षी: नहीं, तरुणजी। वह वहां नहीं हैं, यहां हैं - हमारे साथ साथ। हम जहां भी उसे देखना चाहे, वही पर वह हैं।

चुप्पी...

तरुण: तुम्हे यहां का कैसे पता चला?

मिनाक्षी: रोशनी की सिस्टर ने बताया। थोड़ी मेहनत करनी पड़ी ट्रेस करने में।

तरुण: तुम कभी बहुत अजीब लगती हो। अपना दर्द छुपा कर मेरे लिए...

मिनाक्षी एक पथरीली मुस्कान के साथ तरुण को देखती हैं।

मिनाक्षी: तरुणजी, आजकल अपने बारे में सोचना कम कर दिया हैं क्योंकि हर सोच एक ही जगह पहुँचती हैं - व्हाई मी?

तरुण: तुमने टेनिस प्लेयर आर्थर ऐश का मैसेज पढ़ा होगा न।

मिनाक्षी: जी. लेकिन मैंने कभी आसमानों के सपने नहीं देखे थे। मैं तो इस ज़मीन के करीब अपनी छोटी सी दुनिया में ही बहुत खुश थी। फिर ऐसी सजा क्यों? अब मेरे लिए आगे क्या? ऐसी ज़िन्दगी कभी भी मेरे ज़हन में आयी ही नहीं थी।

तरुण: मिन्नू, नंदू के बारे में सोचो। वह अब तुम्हारी ज़िम्मेदारी हैं। कितना कुछ करना बाकी हैं उसके लिए, कैसे इतनी जल्दी थक कर बैठ जाओगी, हम्म्म?

मिनाक्षी: बच्चा मेरा, इतनी सी उम्र में बहुत ही बड़ा हो गया। वह मुझे अपनी ज़िम्मेदारी समझता हैं। तरुणजी, अगर उसकी वाइफ उसके जैसे नहीं सोच पाएगी तो मेरा बच्चा तो मुश्किल में पड़ जाएगा। मुझे अपनी फ़िक्र नहीं हैं, बस उसकी फ़िक्र हैं।

तरुण: मिन्नू, मैं हमेशा से तुमसे कहता आया हूँ, इतना मत सोचा करो। ऊपर वाले ने जो भी प्लान किया हैं, बस सर झुका कर स्वीकार कर लो। ऐसा सोचो के तुम अकेली नहीं हो। तुम्हारे हर कदम पर तुम्हारा प्यार रौशनी बिखेरेगा, हर मुश्किल को आसान करेगा। जिसके लिए बड़ी शिद्दत से तुम लड़ी थी, कभी भी उसके प्यार को हारने मत देना। हमेशा तुम्हारे चारों तरफ उसकी महक मौजूद रहेगी - यह एहसास दिलाने कि तुम अकेली नहीं हो।

मिनाक्षी (आँखें भरने लगती हैं): यह सब कहने सुनने की बातें हैं।

तरुण: नहीं। तुम्हारे आस पास एक आभा रहेगी हमेशा। तुम उसकी हक़दार हो बिकॉज़ यू वेयर ब्रेव एंड यू हेव बॉटल्ड फिएरस्ली। ऐसी लड़ाई सब नहीं लड़ सकते हैं।

मिनाक्षी: एंड स्टिल आई लॉस्ट।

तरुण: नो, थिस इस द पॉइंट वेयर यू शुड स्टार्ट अगेन।

मिनाक्षी: मतलब?

तरुण: देखती जाओ!

35

एक और दिन। तरुण और मिनाक्षी चेराई बीच पर टहल रहे हैं।

थोड़ी देर बाद तरुण रेत पर ही बैठ जाता हैं।

मिनाक्षी: मैं अभी आती हूँ।

और वह धीरे धीरे लहरों के साथ खेलती हुई पानी में उतरती हैं। जैसे जैसे लहरें किनारे की ओर आते हैं वह मुस्कुराकर कर पानी में अंदर की ओर चलती है। फिर अचानक जैसे ही लहरे उसके पैरों पर आने को हैं, वह फुदकने लगती हैं। फिर तो हर लहार पर वह खूब हँसते हुए उछल उछल कर मज़े लेती हैं। तरुण उसकी ओर देखता हैं और अपना सर हिलाता हैं। थोड़े देर बाद वह आती हैं और तरुण के बाजू में बैठ जाती हैं।

तरुण: बिलकुल बच्ची लग रही थी तुम।

मिनाक्षी: हम्म! एक पुरानी याद जीकर आयी हूँ मैं। पापा मुझे दोनों हाथ पकड़कर पानी में उतारते थे और मैं लहरों पर फुदकती थी। मां तो डरती थी, चीखती थी। पापा कहते, मिन्नू, बस डरना मत। मन में जो आये वही करना, बस मंसूबे गलत नहीं होने चाहिए।

तरुण: सही हैं।

मिनाक्षी: जब पापा का यहां ट्रांसफर हुआ, तब सोचती थी हर वीकेंड में बीच पर आऊंगी। लेकिन, यहां आने के बाद वीकेंड तो क्या, पिछले पचीस सालों में शायद तीन या चार दफा ही बीच पर आयी हूँ। (रूककर) मैं बहुत बोल रही हूँ क्या?

तरुण (मुस्कुराते हुए): कोई शक?

मिनाक्षी: अच्छा एक बात पूछूं?

तरुण: तुम्हे हमेशा यह पूछने की क्या ज़रुरत है? तुम्हे पूछना हैं, तुम पूछो। तुम्हे बोलना हैं, तुम बोलो।

मिनाक्षी: ओके, सुनिए। आपने कभी सोचा हैं, सेलिन अगर यहां होती तो कैसा होता?

तरुण दूर देखता हैं और ख्यालों में खो जाता हैं।

तरुण: अब यह भी तुम ही बता दो।

मिनाक्षी: हम्म, सोचने दीजिये।

अचानक तरुण उठ खड़ा हो जाता हैं।

तरुण: उठो।

मिनाक्षी: हाँ, एक मिनट।

वह उठती हैं और तरुण की ओर देखती हैं।

तरुण: चलो मेरे साथ।

मिनाक्षी: कहाँ?

तरुण: चलो भी।

मिनाक्षी: तरुणजी, यह क्या हो गया आपको, क्या कर रहे हैं?

तरुण: चलो तो।

ऐसा कह कर वह तेज़ी से चल कर आती हुई लहरों में जाने लगता हैं। दोनों ही पानी में खड़े हैं और लहरें आ आकर उनके पैरों को भिगो कर वापस चली जाती हैं।

तरुण: सेलिन को मैं लहरों में ढूंढ़ता रहा, हवाओं में, बादलों में ढूंढता रहा। वह जहां भी हो, जिस भी देश में हो, ज़रूर इन लहरों या हवाओं या बादलों ने एक बार तो उसे देखा होगा। आज यह लहरें मेरे पैरों पर अपना सर फोड़ रहीं हैं, मुझे बुला रहीं हैं के चलो, अब चलते हैं। मैं जाने क्या सोच कर खड़ा रहता हूँ और लहरें निराश लौट जाती हैं। न जाने की जितनी ज़िद करता हूँ, उतनी ही मेरे पैरों तले से रेत सरकती जाती हैं। मैं भी गिर जाऊँगा, बह जाऊंगा।

मिनाक्षी: तरुणजी। यह सब क्या कह रहे हैं आप?

तरुण: मिन्नू, इतने सालों तक मुझे उम्मीद थी कि सेलिन हैं। कैसे मान लू कि उसे खो दिया। कभी मन करता हैं इन लहरों के साथ चला जाऊं - हमेशा के लिए।

मिनाक्षी (अचानक ही बहुत सख्त होकर): क्यों?

तरुण: जब प्यार खो दिया, तो अपने ही नज़रों में मैं गिर सा गया हूँ।

मिनाक्षी (अपना स्वर थोड़ा और सख्त करते हुए): यह बताईये, अब क्यों लग रहा हैं कि कुछ छिन गया हैं।

तरुण: छिन ही तो गया हैं। अब कुछ हो भी नहीं सकता।

मिनाक्षी: मैं अपने आप को सेलिन की फ्रेंड मानती थी। जितना अभी मुझसे बन पड़ा, अगर इसका आधा भी उन दिनों में करती तो बात कुछ और होती। ठीक उसी तरह, आप अगर उस वक़्त उसकी हिफाज़त करते तो आज वह यहां, हमारे बीच होती। न मुझे अपनी दोस्ती का, न आपको अपने प्यार का वास्ता जताना चाहिए - मैं और

आप सेलिन के सामने बस अपना सर झुका कर खड़े रह सकते हैं। और आप अपने आप को उसके गम में मिटाने की बात कर रहे हैं, क्यों? बताईयें।

तरुण: मिन्नू, बस अब तुम्हारे सवालों का कोई जवाब नहीं हैं मेरे पास। उसके साथ जी नहीं पाया, तो ख़त्म तो हो सकता हूँ न।

मिनाक्षी: नहीं। नहीं, नहीं। आप ऐसे कैसे ख़त्म होंगे। आप और मेरे जैसे तो इतनी आसानी से मुक़ाम हासिल कर ही नहीं सकते हैं। मैंने और आपने सेलिन को तब अकेला छोड़ा था जब वह बिलकुल बेसहारा थी। मैं या आप - बस ज़रा सी कोशिश करते तो शायद उसकी दुनिया कुछ और होती। और अब, यहां बैठे आप और मैं अपने प्यार और दोस्ती का वास्ता दे रहे है। ऐसे सोचने भर से उसकी कुर्बानी की कीमत घट जायेगी, तरुणजी।

तरुण मिनाक्षी को घूर कर देखता हैं, कुछ कहता नहीं हैं। वह वहां कुछ देर और रुकते हैं। फिर मिनाक्षी मुड़ती हैं और तरुण को देखती हैं।

मिनाक्षी: दीजिये मुझे कार की चाबी, मैं ड्राइव करूंगी।

बिना कुछ कहे तरुण ने चाबी मिनाक्षी को दे दी। दोनों कार की तरफ चलते हैं। वह तरुण को अंदर चलने को कहती हैं और वह एक बार उसके तरफ देखकर सीट पर बैठ जाता हैं। वह परेशान लग रहा हैं और कुछ भी बोल नहीं रहा हैं। मिनाक्षी ड्राइवर सीट पर बैठती हैं और कार चालू करती हैं।

मिनाक्षी: बहुत दिनों से आपसे कहना चाहती थी, लेकिन हिम्मत नहीं जुटा पायी। अब मेरा मन भी हल्का सा लग रहा हैं। एंड प्लीस, डोंट एवर थिंक यू आर रेस्पोंसिबल फॉर व्हाट आल हैपेंड।

तरुण: मैं जानता हूँ, मिन्नू। बस आज मन बिलकुल खराब हैं।

मिनाक्षी ड्राइव करती जा रही है। इस बीच तरुण की तरफ देखकर गंभीर हो जाती हैं।

मिनाक्षी: एक... और... बात कहनी थी।

तरुण: क्या?

मिनाक्षी: वोह.... सेलिन को शुरू से ही अंदेशा था कि आप दोनों मिल नहीं पाएंगे।

तरुण: क्यों, तुम्हे कैसे मालूम, तुम यह कैसे कह सकती हो?

मिनाक्षी: वह आपको बहुत चाहती थी, लेकिन आपको पाने का कोई जतन करती कभी नज़र नहीं आयी। मैंने बहुत फ़ोर्स किया था कि मैं उसे जबलपुर ले जाऊंगी, उसे सेफ्ली छुपा दूँगी। फिर शादी भी करायेंगे। लेकिन उसने कभी मुझे सीरियसली लिया ही नहीं। उसे शायद पता था कि शी विल रेनॉन्स।

तरुण: हम्म।

मिनाक्षी: केरला आने के बाद उसकी एजुकेशन जारी रखी। उसे दो एक लड़के देखने भी आये। उसने सब मना कर दिया। और फिर नन बन गयी।

तरुण: यह अब तुम्हे कहाँ से पता चला?

मिनाक्षी: रौशनी की सिस्टर रेणु से। उस दिन सेलिन की सिमेट्री से लौटते वक़्त एक क्षण के लिए मुझे लगा कि आप टूट रहे है। इसलिए मैंने अपनी प्रोब्लेम्स छेड़ दी, ताकि आपका ध्यान हट जाए।

तरुण: और उसने क्या कहा, रेणु ने?

मिनाक्षी: इटली जाने का प्लान सेलिन का ही था। किसी ने उसे फ़ोर्स नहीं किया था। बहुत सोचने पर मुझे लग रहा हैं, उसने आपको सेफ गार्ड करने के लिए रेनॉन्स किया।

तरुण: सच कह रही हो मिन्नू। यह रिंग देख रही हो। एक दिन यह रिंग और एक चैन लायी थी सेलिन। रिंग मेरी ऊँगली में पहना दिया और बोली चैन आप मुझे पहनाइए। सेलिन को फिर मैंने नहीं देखा। पता चला पांच दिनों बाद वह चली गयी।

मिनाक्षी: गॉड! आई डिडन्ट नो थिस। वह चैन जो सेलिन के पार्सल में...

तरुण: हम्म। दोनों एक साथ रख कर सोचे तो तुम्हारा कहा सही हैं। मिन्नू, मुझे उसे पाने का जूनून नहीं था, क्योंकि हम दोनों इस बात को जानते थे कि कुछ भी नहीं हो सकता हैं। हम दोनों जानते थे कि कोशिशे बेकार हैं। फिर भी अब उसे खो देने का दुःख - इट्स अनबेयरब्ल। गॉड!!!

मिनाक्षी: हम्म। और आप अकेले ही...

तरुण: नहीं। अब कभी यह नहीं कहोगी तुम, ठीक। अच्छा, स्टॉप। अब मैं ड्राइव करूंगा।

मिनाक्षी: अरे, क्या हुआ?

मिनाक्षी कार रोकती है। तरुण बाहर निकलता हैं और ड्राइवर सीट पर बैठता हैं, मिनाक्षी भी बैठ जाती हैं। दोनों ने सीट बेल्ट लगा ली और कार स्टार्ट हो जाता हैं।

तरुण: मिन्नू, अथिराप्पल्ली चले, बहुत दिनों से लॉन्ग ड्राइव नहीं किया।

मिनाक्षी: नहीं नहीं नहीं नहीं!! इन कपड़ों में, न बाबा।

तरुण: तो वहाँ तुम्हारे इंतज़ार में तुम्हारे पहचान का कौन बैठा हैं। चलो, मूड भी ठीक हो जाएगा।

मिनाक्षी: ठीक हैं, चलिए।

36

तरुण अपने ऑफिस में फाइलें देख रहा हैं। किसी बात पर उसका ध्यान अटक जाता हैं। वह और दो फाइलें निकाल कर तुलना करता हैं। फिर कुछ सोच कर मिनाक्षी को कॉल लगता हैं।

मिनाक्षी: हाँ, गुड मॉर्निंग! कैसे हैं आप?

तरुण: मिन्नू, समथिंग अर्जेंट हियर। तुम्हे अट्टापाड़ी पता हैं - अट्टपड़ी, हाउ डू यू प्रनाउन्स इट भई? तुम गयी हो कभी वहाँ?

मिनाक्षी: इट्स अट्टपाड़ी। हाँ, मैं वहाँ पोस्टेड थी। कुछ साल ज़रूर हो गए हैं, बट यस, आई रेमेम्बेर प्लेसेस देयर।

तरुण: मेरे साथ तुम्हे आना होगा। कब चल सकती हो बताओ।

मिनाक्षी: हम्म!! कल फ्राइडे, थोड़ा काम हैं। परसों - परसों चले? आई मीन अगर बिलकुल अर्जन्ट हैं तो मैं आज भी चल सकती हूँ। यहां मैनेज कर लेंगे। इट्स ओनली १०.३० नाउ। ११ बजे निकलेंगे तो वहां ३.३० - ४ बजे तक पहुँच जाएंगे।

तरुण: अरे नहीं, मुझे सोचने और प्लान करने का वक़्त भी चाहिए। एक्चुअली, यहां ऑफिस में किसी पर डिपेंड करना नहीं चाहता हूँ। इसीलिए तुमसे पूछा। एंड

आई वांट थिस विजिट टू बी अनऑफिशियल। सुनो, वी आर गोइंग ऑन संडे मॉर्निंग, एस अर्ली एस पॉसिबल।

मिनाक्षी: जी ठीक हैं। 8 बजे निकलेंगे, लंच मैं बना कर पैक कर लूंगी।

तरुण: क्यों परेशान होती हो, कही से खा लेंगे न।

मिनाक्षी: नहीं तरुणजी, जगह ठीक नहीं हैं। मेरी बात मानिये।

तरुण: हम्म। ओके, संडे सुबह ८ बजे मैं तुम्हे पिक करता हूँ।

.._..

रविवार की सुबह। तरुण मिनाक्षी के अपार्टमेंट आता है। मिनाक्षी ने लंच बना कर पैक कर लिया हैं। तरुण लंच बॉक्स गाडी में रखने की मदद करता हैं। कार की स्टीरिओ पर ग़ज़लें बज रही हैं। फिर दोनों चल पड़ते हैं।

तरुण: (चिढ़ाकर) सीट बेल्ट ठीक से लगा लेना, तुम्हारी आदत नहीं हैं।

मिनाक्षी: ओफ्फो, अब तक याद हैं वह सब।

तरुण: मैडम, मैं कुछ भी भूलता नहीं हूँ।

मिनाक्षी: वैसे, अट्टापाड़ी का केस कैसे आपके ऑफिस में आया? आप इस ट्रिप पर ऑफिस से किसी को बुला लेते।

तरुण: यह तो अनेनाउंसड रैंडम इंस्पेक्शन हैं। और कुछ बातें हैं - बड़ी फ़िशी सी। मुझे फर्स्ट - हैंड इनफार्मेशन चाहिए। इसलिए संडे चूस किया, ताकि ऑफिस से किसी को लाना ही न पड़े। एंड यू नो, काफी दिन हो गए हम एक रियली लॉन्ग ड्राइव पर नहीं गए। सो हियर वी गो...

बड़ी सुखद यात्रा हैं। दोनों ही खूब आनंद ले रहे हैं। बीच में रुक कर दोनों ज़रा रिलैक्स करते हैं और मिनाक्षी का लाया स्नैक्स और जूस लेते हैं। अपनी यात्रा फिर शुरू करते है। यात्रा के मध्य में कभी मिनाक्षी की नींद लग जाती हैं और सीट में बैठे ही झपकी लेती हैं, तरुण उसे सोता देख कर मुस्कुराता हैं और ड्राइविंग जारी रखता हैं।

वह मन्नारघाट पहुँचते हैं जहां से अट्टपाडी शुरू होती हैं। यहां से चढ़ाव शुरू होता हैं जो ज़रा मुश्किल हैं लेकिन अति मनोहर हैं। वह बीच में गाडी रोककर दोनों ही बाहर आकर प्रकृति का भरपूर आनंद लेते हैं। मिनाक्षी दो सेब निकालती हैं और दोनों नज़ारे देख कर खाते है। वह फिर यात्रा शुरू करते हैं। वह शोलयूर पहंचते हैं। तरुण कुछ कागज़ात देखता हैं और मिनाक्षी आस पास के कुछ लोगों से पता पूछती हैं। पूछ पूछ कर वह आखिर सही जगह पहुँच जाते हैं। तरुण बाहर निकलने की तैयारी करता हैं और मिनाक्षी भी निकलने को होती हैं।

तरुण: नहीं, तुम यहीं बैठो, मैं जाकर आता हूँ।

मिनाक्षी: सुनिए, कुछ भी खाना पीना मत...

तरुण सर हिला देता हैं और आगे बढ़ जाता हैं।

तरुण एक छोटे से घर की तरफ बढ़ता है। रस्ते में तरुण गौर करता हैं चारों ओर काफी खेती बाड़ी हैं - केले के बगीचे, कई तरह के सब्ज़ियां वगैरह। कुछ गाय और बछड़े भी बंधे दिख रहे हैं।

तरुण चिल्लाता हैं: कोई हैं?

तरुण: मुरुकेष, कोई मुरुकेष यहां रहता हैं???

करीब ४५ साल की एक महिला घर के पीछे से आती हैं और बड़े अकड़ कर पूछती हैं: कौन हैं?

तरुण: नमस्ते जी। मुरुकेष से मिलना हैं, आप ज़रा बात कराएंगे?

महिला (और अकड़ कर): आप कौन हैं।

तरुण: इस मुरुकेष ने लोन के लिए अप्लाई किया था न, उसी सिलसिले में आये हैं।

महिला झट से नरम हो जाती हैं और बड़े नम्रता से कहती हैं: अरे साहब, आईये आईये। आप यहां बैठिये, मैं अभी आयी। (घर के पिछवाड़े की ओर बड़ी अजीब लहजे में चिल्लाती हुई जाती हैं - कुछ मराठी जैसा लग रहा हैं - जो तरुण को बहुत अजीब लगता हैं। तरुण की भौहे सिकुड़ती नज़र आती हैं।)

तरुण इंतज़ार करता हैं।

मुरुकेष अपने दोनों हाथ जोड़कर आता हैं और नमस्कार करता हैं। लेकिन तरुण अपने हाथ में उसके हाथ लेकर मिलाता हैं। उसके हाथ की छुअन तरुण को बहुत अजीब लगती हैं।

मुरुकेष: सर नमस्कार। आपके आने के बारे में मुझे किसी ने नहीं बताया। और आज तो रविवार हैं न। आपको जगह ढूंढ़ने में तकलीफ तो नहीं हुई।

तरुण: न न न न। चलो, खेत देख कर आते हैं।

मुरुकेष: सर, कुछ ठंडा या गरम, आप अकेले ही आये हैं।

तरुण: रहने दो, कुछ नहीं चाहिए। पहले खेत देखकर आते हैं।

और दोनों खेत की तरफ जाते हैं। दोनों पूरे खेतों में घूम घूम कर देखते हैं। तरुण बीच में अपने नॉट पेड में कुछ नोट करता हैं। दोनों वापस आ जाते हैं। उस महिला ने कुछ नमकीन और चाय बना कर रखी हैं। तरुण ने बड़े ही अदब से इनकार कर दिया। वह वापस चलता हैं।

मुरुकेष कुछ दूर तक तरुण के साथ चल कर आता हैं। दोनों आपस में कुछ बोल रहे हैं। फिर तरुण हाथ हिला कर चला आता हैं।

तरुण गाडी के पास पहुँचता हैं और देखता हैं मिनाक्षी आश्चर्यचकित बैठी हैं और कुछ बोल नहीं पा रही हैं।

मिनाक्षी: मैंने इस आदमी को पहले कहीं देखा हैं। मैं जाकर उसे एक बार और देख कर आऊं?

तरुण: पागल हो गयी हो। (रूककर, उसे घूरते हुए) अंदर ही बैठी रहो (रूककर) चलो चलते हैं। मुझे तो शायद फिर से आना पड़ेगा।

मिनाक्षी: नहीं तरुणजी, मैं इसे जानती हूँ। आप एक बार मुझे मिलवाइए प्लीस।

तरुण: नहीं, तुम वहां नहीं जाओगी।

मिनाक्षी: ठीक हैं। आप एक बार फिर वहां जाईये और उसे बात करते करते (रूककर...) हाँ, उस पेड़ के नीचे तक लाईये, बस इतना तो कीजिये। प्लीस...

तरुण: (कुछ पल सोचता हैं) हम्म। अच्छा मेरा फाइल देना, और पीछे बॉक्स में स्टैप्लर हैं, वह भी निकालो।

मिनाक्षी: लेकिन क्यों, उस से बात करने के लिए यह सब क्यों?

तरुण: (बहुत आराम से) तुम यहां बैठो और चुप चाप देखती जाओ।

तरुण कुछ पेपर निकालता हैं और स्टेपलर लगाता हैं। फिर वह स्टेपलर पिन को पीछे से ढीला करता हैं ताकि पिन की नोक खुली रहे।

तरुण: सुनो, अपने ग्लासेज पहन लो और मास्क भी।

फिर वह कार से उतर कर उस घर की तरफ फिर से जाता हैं। थोड़ी देर बाद वह मुरुकेष के साथ लौटता हैं और पेड़ के नीचे रूककर बातें करता हैं।

मिनाक्षी बहुत ही बारीकी से उसे देखती हैं और ऐसा लगता हैं मानो उसने कुछ पता लगा लिया हो।

तरुण: मुरुकेष, बैंक तुम्हारे एप्लीकेशन पर राज़ी नहीं हैं। अब तुम्हारी इतनी खेती देखकर भाई मुझे तो यकीन हैं। मैं लोन की सिफारिश के लिए तैयार भी हूँ। एक काम करते हैं, तुम्हारा रिक्वेस्ट मॉडिफाई करते हैं। तुम्हे एक और कागज़ात पर दस्तखत करने होंगे, बाकी मैं रिप्रेजेंट कर लूँगा।

तरुण कागज़ उसे देता है। जैसे ही कागज़ पकड़ता हैं, मुरुकेष बोल उठता हैं - आई गा...

तरुण: क्या हुआ।

मुरुकेष: नहीं कुछ नहीं, शायद पिन लग गया हैं।

वह दस्तखत करता हैं और कागज़ तरुण को वापस दे देता हैं।

मुरुकेष: मुझे लगा आप अकेले आये हैं और वह कार में कौन हैं।

तरुण: ओ हीरो। वेस्ट बंगाल की चीफ मिनिस्टर हैं, मिलाऊँ क्या? चलो, अपना काम देखो और मैं अब अपना काम देखता हूँ। (अर्थपूर्ण निगाहों से घूरता हैं। फिर कागज़ात वापस लेकर कार की तरफ चलता हैं।)

तरुण कार में घुसता हैं और मिनाक्षी को इशारा करता हैं कि चुप रहे। फिर कार स्टार्ट करके चले जाते हैं।

तरुण: अब बोलो मिन्नू, क्या लगा??

मिनाक्षी: तरुणजी, इसे मैं जानती हूँ, यह तो मँजेरी में था! वहाँ मैंने इसका लोन बिलकुल रेफ्यूस कर दिया था। लेकिन यह यहां कैसे? तरुणजी, यह आदमी ठीक नहीं हैं।

तरुण: बस, मेरा भी शक सही निकला। तुम्हे पता हैं वह, वह नहीं हैं जो और जितना तुम सोच रही हो। ही इस नॉट ए फार्मर।

मिनाक्षी: मतलब?

तरुण: उसे खेती बाड़ी से कोई सरोकार नहीं हैं। उसके किसानो जैसे हाथ हैं ही नहीं। वैसे तुमने उसकी लोन रेफ्यूस क्यों की थी?

मिनाक्षी: उस वक़्त उसने अपनी खेती के लिए पांच लाख रुपये मांगे थे। यूं ही पूछने पर उसके मुँह से निकल गया था कि मँजेरी टाउन में वह कपडे की दूकान चलाता हैं, कुछ रुपयों की ज़रुरत हैं। मैंने पता लगाया वह खेती उसकी थी ही नहीं। मुझे उसका नाम तो याद नहीं आ रहा, लेकिन मलयाली नहीं हैं, इसलिए चेहरा और चाल चलन याद रह गया। एक्चुअली, वह तमिलियन हैं।

तरुण: नहीं, यहाँ तुम्हे गलती हुई। तुम ये सुनो, जब किसी को दर्द होता हैं न, तो बंदा सबसे पहले अपनी माँ

को याद करता हैं और माँ को ही पुकारता हैं। और इस मुरुकेष ने भी अपनी माँ को याद किया - मराठी में।

मिनाक्षी: ओ माय गॉड!!!

तरुण: मुरुकेष और उसकी बीवी कन्नगी...

मिनाक्षी: मुरुकेष और बीवी? उसकी बीवी... बी... (कुछ याद करते हुए) नहीं, मुरुकेष और उसकी बहन कन्नगी और साला अरविंद। मतलब ब्रदर - इन - लो अरविंद।

तरुण: नहीं, यह तो मुरुकेष और उसकी बीवी कन्नगी की जॉइंट एप्लीकेशन हैं।

मिनाक्षी: नहीं। मैंने मुरुकेष की पर्सनल और कन्नगी - अरविंद की जॉइंट एप्लीकेशन डिनाई की थी।

तरुण: ओ तेरी। मतलब वह हैबिचुअल डिफॉल्टर हैं। और अब तक पकड़ में भी नहीं आया।

मिनाक्षी: तरुणजी, मैंने तो इसे २००४ में देखा था। ठीक हैं, तब तो सिस्टम इतना पक्का नहीं था जैसा आज हैं। लेकिन आजकल भी ऐसा होता हैं, कुछ समझ में नहीं आ रहा।

तरुण: जब सिस्टम बेसिक था तब फ्रॉड्स भी बेसिक हुआ करते थे, आसानी से पकडे भी जाते थे। सिस्टम में सोफिस्टिकेशन आ गयी तो फ्रॉड्स भी संजीदा होने लगे। फिर एक बात और, आज के सिस्टम में एक इंसान अकेला ज़्यादा हेराफेरी नहीं कर सकता। एक वेल प्लैन्ड कॉकस ही मेटिक्युलस क्राइम कर सकता हैं। मिन्नू, थिस इस जस्ट द टिप ऑफ़ एन आइसबर्ग। देखती जाओ, अब क्या क्या होता हैं। याद रखेगा वह भी तरुण सिन्हा से टक्कर ली हैं उसने...

दोनों ड्राइव करते जा रहे हैं।

बीच में लंच के लिए रुकते हैं और मिनाक्षी का लंच बॉक्स निकालते हैं जो उसने पैक किया थ। वह सलीके से खाना परोसती हैं और दोनों खाना शुरू करते हैं। तरुण कुछ सोच भी रहा हैं जिस वजह से वह धीमा हैं। मिनाक्षी तरुण की तरफ देखती है फिर उसकी प्लेट की तरफ देखती है।

तरुण: क्या हुआ?

मिनाक्षी: आप बहुत स्लो हैं आज।

तरुण (खाते हुए): हम्म।

मिनाक्षी: सुनिए, आप सलाद नहीं खाते।

तरुण: हाँ, मतलब नहीं। नहीं, मतलब क्यों?

मिनाक्षी: अगर आपको नहीं चाहिए तो मैं ले लू?

तरुण: ओके।

मिनाक्षी सलाद ले लेती हैं हैं और अपनी दोनों आँखें झपककर मुस्कुरा देती हैं।

मिनाक्षी: थैंक्स। मुझे बहुत पसंद हैं। आप खाइये, फिनिश करना हैं सब।

तरुण: मिन्नू, नाइस मील। ऐसे ही हम लोग आउटिंग्स पर जाया करेंगे, ठीक हैं।

मिनाक्षी: ओके, डन।

37

तरुण का ऑफिस। एन अंदर आती हैं।

तरुण: एन, मुझे कुछ पुराने लेंडिंग डिटेल्स चाहिए। डिस्ट्रिक्ट मालाप्पुरम, हाउ दू यू प्रोनोन्स इट?

एन: सर, इट्स मलप्पुरम।

तरुण: ओके, मलप्पुरम। एक लोनी, उसका नाम मुरुकेष। और एक जॉइंट एप्लीकेशन अरविंद - कन्नगी। दोनों ही नॉन फार्मिंग सेक्टर हैं। जितनी पुरानी इनफार्मेशन मिल सके, डिग इन टू दम।

एन: सर, २०१८ से तो इनफार्मेशन डिजिटाइज़ हो गए हैं। उस से पहले का तो निधि मेडम के कण्ट्रोल में हैं।

तरुण: ओके। जितना आपसे बनता हैं, आप कीजिये। आई वांट आल अवेलेबल इनफार्मेशन बै थिस वीक एन्ड। कीप मी इन्फोर्मेड अबाउट द डेली प्रोग्रेस। मेडम से मैं बात कर लूँगा।

.._..

तरुण: आपने बुलाया मेडम?

निधि: तरुण, व्हाट आर यू अपटू नाउ?

तरुण: मैं समझा नहीं।

निधि: एन से क्या पुरानी फाइलें निकलवा रहे हो? वैसे भी यहां रूटीन वर्क के लिए स्टाफ कम हैं और तुम अवेलेबल स्टाफ से यह क्या क्या करवा रहे हो?

तरुण: ओ! मेडम, मैं तो आपसे खुद इस मामले में कहने वाला था। एन से तो २०१८ ऑनवार्डस डिटेल्स मिल जाएंगे, लेकिन उस पीरियड के पहले की कस्टोडियन आप हैं, ऐसा एन ने बताया। मेडम, आई वांट सम डिटेल्स फ्रॉम २००४ ऑनवार्डस।

निधि: बीस साल पुरानी बात कर रहे हो। क्यो?

तरुण: मेडम, कुछ ऍप्लिकेशन्स मुझे ठीक नहीं लगे, इसलिए क्रॉस चेक करना चाहता हूँ।

निधि: क्यों, आई आस्क यू अगेन, व्हाई?

तरुण: मेडम, आई ऍम टू एन्क्वायर इफ आई हेव टू प्रोसीड!

निधि: आपके सेक्शन में काम कम हैं जो आप २००४ के केसेस एन्क्वायर कर रहे हैं।

तरुण: मुझे शक हैं, कुछ हैबिचुअल डिफॉल्टर्स हैं जो कही पर किसी लूप हॉल का नाजायज़ फायदा उठा रहें हैं। एंड आई हेव एव्री रीज़न टू गेट माय डॉब्टस क्लैरिफाइड, इट्स माय जॉब, मेडम।

निधि: तरुण, डू ओनली योर जॉब। डोंट पोक योर नोस एवरीव्हेर, अननेसेसरीली।

(तरुण झटके से उठता हैं और निकलते हुए): मेडम, सी यू।

--_--

तरुण रोज़ ऑफिस में देर रात तक काम करता हैं। वह लाइब्रेरी में पड़ी हुई फाइलों को बड़े ध्यान से पढता हैं और खुद के नोट्स बनाता हैं।

38

मिनाक्षी अपने सीईओ के केबिन से बाहर आती हैं। वह चित्रा से मिलती हैं और उसके टेबल पर अपने फाइल रखती है।

मिनाक्षी (मलयालम में): चित्रा, उडूपडलं चीता किट्टी। (मतलब - सर से पैर तक डांट पड़ी।)

चित्रा: मेडम...

मिनाक्षी (सीईओ के केबिन की तरफ इशारा करके): एंथानु हिंगने? (मतलब - यह ऐसे क्यों हैं?)

चित्रा (लॉन्ज में बैठे तरुण की तरफ इशारा करके): मेडम...

मिनाक्षी: ओ तरुणजी, आप!!

तरुण: सारामिल्ला, समाधानं आइरिक्कू। (मतलब - कोई बात नहीं, आराम से बैठिये।)

मिनाक्षी: माय गॉड। चित्रा, अब इनकी बुराई भी नहीं कर सकते हैं, सारी मलयालम सीख ली हैं।

तरुण (हँसते हुए): मैं आपके सीईओ से मिलने आया था, उन्हें वर्कशॉप के लिए इन्वाइट करना हैं।

मिनाक्षी: तरुणजी, उनका मूड तो मैंने खराब कर दिया हैं, आप ज़रा होशियार रहिएगा।

तरुण: अरे, तरुण सिन्हा यूं ही तरुण सिन्हा नहीं कहलाता। बस देखते जाईये, हमारा कमाल। अच्छा सुनो, फ्री हो, बाहर चले।

मिनाक्षी: जी। आप सर से मिल लीजिये। थोड़ा काम बाकी हैं, फिर चलते हैं।

तरुण सीईओ के केबिन में जाता हैं। कुछ समय बाद वह निकल आता हैं और मिनाक्षी के केबिन की तरफ जाता हैं। वह अपने काम निपटा लेती हैं। फिर दोनों अपनी अपनी कार से ड्राइव करके जाते हैं। वो मरीन ड्राइव की और जाते हैं और कार पार्क कर के फिर साथ साथ चलते हैं। इस बीच तरुण कुछ पहचाने चेहरों को हाथ से इशारा करता हैं और मुस्कुराकर अभिवादन करता हैं। मिनाक्षी चने खरीदती हैं और दोनों वॉल्कवे में चने खाते टहलते हैं। फिर पास ही के रेस्टोरेंट में जाते हैं और कॉफ़ी आर्डर करते हैं।

तरुण: मिन्नू, मैं कल मँजेरी जा रहा हूँ।

मिनाक्षी: मँजेरी?? क्यों?

तरुण: उम्! तुम्हारा केस रीओपन करूंगा।

मिनाक्षी: वह, बीस साल पुराना केस?

तरुण: हम्म। कुछ क्लूज़ मिले हैं, सोचता हूँ, अगर खुद जाऊंगा तो शायद कुछ ठोस सबूत मिल जाए।

मिनाक्षी: ठीक हैं, मैं भी चलती हूँ आपके साथ।

तरुण: क्या? कहाँ चल रही हूँ? तुम कही नहीं जा रही हो।

मिनाक्षी: आप जगह और लोगों को नहीं जानते। तो मेरी मानिये, मैं भी रहूंगी तो सहूलियत होगी।

तरुण: नहीं। तुम कही नहीं जाओगी। सुनो, बात यह नहीं कि मैं वहाँ किसी को नहीं जानता, बात यह हैं कि तुम्हे वहाँ लोग जानते हैं, और मैं यह रिस्क नहीं लेना चाहता।

मिनाक्षी: ओके, मैं आपको कुछ फार्मर्स के कांटेक्ट नंबर्स देती हूँ, पॉलिटिकली कनेक्टेड भी हैं यह लोग। आपके काम में आसानी होगी। मैं उन्हें कॉल करके आपको इंट्रोड्यूस भी कर दूँगी।

तरुण: नंबर्स तो तुम दे दो, लेकिन उन्हें तुम अभी कॉल मत करना। ज़रुरत पड़ी तो मैं मैनेज कर लूँगा।

अगले दिन, तरुण मँजेरी ऑफिस में कुछ जानकारियां हासिल करता हैं। उस ऑफिस के कर्मचारी उसको पूरा सहयोग देते हैं। वह कुछ फाइलें मंगवाता हैं और पढ़कर अपने नोट्स बना लेता हैं। कुछ कागजातो के ज़ेरॉक्स कॉपी निकलवाता हैं। फिर वह कुछ जगहों पर भी जाता हैं और पूछताछ करता हैं।

वह वापस कोच्ची आ जाता हैं - बड़ी तृप्ति के साथ। अगले दिन से फिर अपने ऑफिस में देर शाम तक उसका काम जारी रहता हैं। वह विस्तार में एक रिपोर्ट तैयार करता हैं।

39

तरुण इण्टरकॉम पर नंबर डायल करता हैं। वह पूरा बजकर रुक जाता हैं। वह फिर से डायल करता हैं।

तरुण: मैडम, मैडम, फ़ोन उठाईये, फ़ोन उठाईये।

रिंग बंद हो जाती हैं। वह दूसरा नंबर डायल करता हैं।

तरुण: एन, तरुण हियर। निधि मेडम केबिन में नहीं हैं क्या?

एन (रूककर): सर..., बात यह हैं कि... रवि सर का असिस्टेंट मेडम के पास... कुछ कंप्लेंट...

तरुण: ओके।

तरुण दो पल सोचता हैं। फिर उठ कर वह निधि के केबिन की तरफ लम्बे लम्बे डग भरकर चलता हैं। वह केबिन के दरवाज़े पर खटकाने ही वाला था, फिर रुक गया। उसने अंदर से कुछ बहस और ऊंची आवाज़ों में धमकिया सुनी। तरुण ने बिना आवाज़ किये धीरे से केबिन का दरवाज़ा खोलकर अंदर नज़र दौड़ाई। वह देखता हैं वह डेली वेजर निधि पर चिल्ला रहा हैं और निधि बदहाल सी अपने कुर्सी में बैठी हैं। उसने सर नीचे कर रखा हैं। इतना देखते ही तरुण झटके से अंदर दाखिल हो जाता हैं। तरुण ने कॉरिडोर में वर्षा को आते देखा था, कमरे में दाखिल होने के साथ ही उसने वर्षा को इशारे से निधि के केबिन

की तरफ बुलाया। तरुण को देखते ही डेली वेजर उसकी तरफ झपकर पहुँच गया। तरुण वर्षा को इशारा कर के खुद अंदर दाखिल होता हैं। वह अपने बायीं तर्जिनी को अपने होठ पर रख कर डेली वेजर को चुप रहने का इशारा करता हैं। वर्षा भी अंदर दाखिल होती हैं।

तरुण (ज़ोर से): वर्षा, मैडम को यहां से ले जाओ।

वर्षा देखती हैं कि निधि बहुत हिली हुई हैं और अपने कुर्सी में एकटक बैठी हैं। वर्षा उनसे उठने का अनुरोध करती हैं।

डेली वेजर फिर से तरुण को उकसाने की कोशिश करता हैं। वह तरुण को उलटे सीधे नाम बुलाता हैं।

तरुण (वर्षा से - चिल्ला कर): वर्षा, तुमसे कह रहा हूँ मैडम को यहां से लेकर जाओ। मैडम, प्लीज लीव द प्लेस।

निधि उठती हैं और वर्षा उसे सहारा देकर बाहर ले जाती हैं। बाहर और कई स्टाफ जमा होने लगे हैं।

निधि और वर्षा के जाने के बाद तरुण उसे घूरते हुए धीरे से कमरे के बाहर निकलकर अपने केबिन की तरफ जाने लगता है। उसे वापस जाते देखकर डेली वेजर तरुण को फिर उकसाता हैं।

डेली वेजर: अरे, तू तो डरपोक निकला, हिम्मत हैं तो मुझसे बात करके जा।

तरुण बस उसे घूर कर देखता हैं और आगे बढ़ जाता हैं।

डेली वेजर: कितना शाना बन रहा था तू। अब कहाँ गए तेरे तेवर। चला था हमें किताबें पढ़ाने। अरे, हिम्मत

हैं तो टक्कर ले कर देख, मुंबई का सारा जूनून उतर जाएगा तेरा।

तरुण रुकता हैं और पलटता हैं। फिर उसकी तरफ कुछ कदम लेता हैं। तरुण के दोनों हाथ उसके पैन्ट्स की जेबो में हैं।

तरुण (कॉरिडोर के बीच में खड़े होकर): इन सबके सामने तेरा हिसाब करूँ तो मुझे खुद से ही नफरत हो जायेगी। बेटा, तू तो मेरी आधी उम्र का भी नहीं हैं।

डेली वेजर: डर गया। अरे किस बात का गुरूर हैं तुझे, बड़ा अफसर बना फिर रहा हैं।

तरुण (उसके तरफ चलना शुरू करता हैं): इसी दम यहां से निकलकर सीधे अपने घर जाना और अपने माँ - बाप के आँखों में ढूंढ़ना - अगर यही सब उन्होंने तुम्हारे लिए सपने देखे हैं, तो कसम से अपनी कुर्सी तुझे दे दूंगा। कुछ और दिखा तो घर ही नहीं, यह शहर ही छोड़ के चले जाना, उन दोनों को बुढ़ापे में खून के आंसू मत रुलाना।

डेली वेजर: कितना भौंकता हैं रे तू!

तरुण: भौंकते तुम जैसे लोग हैं - हमेशा। मैं बस गरजता हूँ, वह भी एक ही बार - झेल नहीं पाओगे। (रूककर) चलो, जो हुआ सो हुआ। आराम से रहोगे तो काम सिखाऊंगा, नहीं तो पट्टी पढ़ाऊंगा - अब चॉइस तुम्हारी हैं।

डेली वेजर (तरुण का कहना सुन कर थोड़ा बिखर सा जाता हैं, लेकिन फिर भी अकड़ कर): अरे छोड़... (तरुण को अपनी तर्जिनी दिखा कर) - तू मेरा कुछ भी नहीं बिगाड़ सकता हैं।

तरुण अब उसके बहुत पास पहुँच चूका होता हैं, उसके हाथ अब भी जेब में हैं। डेली वेजर एक दो कदम पीछे हटता और वह पीछे दीवार से टकरा के रुक जाता हैं। तरुण अब उसके बहुत पास पहुँच जाता हैं और सीधे उसके आँखों में आँखें डाल कर बहुत ही कड़ी खुफुसाहट से कहता हैं जो सिर्फ इन दोनों को ही सुनाई देती हो।

तरुण: तेरी ऊँगली ही नहीं, सब कुछ काट कर रख दूंगा और किसी को तो क्या, तुझे भी भनक तक नहीं होगी। अगर आज के बाद तेरी परछाई भी यहां पड़ी तो तेरा वह हाल करूंगा कि तू जीना भूल जाएगा। और सुन, मैं जो कहता हूँ, वह करता भी हूँ, बचपन की आदत हैं मेरी।

40

फिर एक दिन तरुण का इण्टरकॉम बजता हैं।

तरुण: हेलो, तरुण हियर।

सुरेश: तरुण, सुरेश हियर। प्लीज कम टू माय ऑफिस।

तरुण: श्योर सर।

सुरेश: तरुण, बैठो। सुनो, जनरल मैनेजर की एडिशनल चार्ज आज ही निधि से ले लेना। शी इस प्रोसीडिंग ऑन लॉन्ग लीव। प्रेसेंटली, किसी और को शिफ्ट नहीं कर सकते हैं। आई विल सी देट यू आर रिलीव्ड ऑफ़ एडिशनल चार्जेज अस सून अस पॉसिबल।

तरुण: ओके, सर। (रूककर) सर...

सुरेश: एनी डाउट्स?

तरुण: सर, ऍम आई रिपोर्टिंग डायरेक्टली टू यू?

सुरेश: यस, यू आर।

तरुण: ओके सर। (चुपके से - यही तो मैं चाहता था।)

तरुण फिर सीधे निधि के केबिन में जाता हैं।

तरुण: मेडम, मे आई?

निधि: तरुण, मैंने कल शाम तक जो फाइल्स मिले थे, उन्हें कम्पलीट कर लिए हैं। नाउ यू कैन टेक चार्ज।

तरुण: यस मेडम।

निधि: और तरुण, थैंक्स फॉर बीइंग देयर फॉर मी। शुरू से अब तक।

तरुण: मेडम, आप मेरी सीनियर हैं। आपमें और मुझमे कई डिफरेंस ऑफ़ ओपिनियंस हो सकती हैं, डिबेट्स हो सकती हैं। लेकिन आपको कोई बाहर का आदमी कुछ कहे तो मैं चुप नहीं रह सकता। इन फैक्ट, इस ऑफिस में किसी को भी बाहर का आदमी कुछ कहे, मैं सुन नहीं सकता। और वो बन्दे तो पहले दिन से ही मेरी राडार में हैं। लेकिन आप क्यों उन लोगों से...

निधि: छतरी और छप्पर में बहुत फर्क हैं तरुण। छतरी के छेद आसानी से सिले जा सकते हैं, लेकिन छप्पर की बात और हैं - पूरी की पूरी बदलनी पड़ सकती हैं।

तरुण: मैडम, बरसात तो सब पर एक जैसी ही बरसती हैं। लेकिन भीगने से कैसे बचना हैं, बंदा खुद डिसाइड करता हैं।

निधि: सुनो, कुछ बातें हैं तुम शायद नहीं समझोगे। मुंबई वाले हो, नया खून हैं। एक हिदायत देती हूँ, अपनी रफ़्तार ज़रा कम करो। तुम्हे देख कर कभी तो डर लगता हैं।

तरुण: हमेशा आपसे कहता रहा मैडम, डरते वह हैं जो किसी और के टर्म्स पर जीते हैं। लेकिन आपको मुझ पर कभी भरोसा ही नहीं था।

निधि: खैर छोड़ो। आगे के लिए - आल द बेस्ट।

तरुण: थैंक्स मेडम (मन ही मन: आई पिटी यू)

.._..

वह एक डीटेल रेपर्ट बनाता हैं और अपने सुपीरियर को सब्मिट कर देता हैं।

41

अगस्त के तीसरे हफ्ते की एक सुबह।

तरुण सुबह का नाश्ता कर रहा हैं। वह ऑफिस के लिए तक़रीबन तैयार हो चुका हैं। उसका मोबाइल बजने लगा।

तरुण: हेलो...

फिर वह दूसरी छोर से कहा गया पूरा सुनता हैं, कुछ भी कहता नहीं हैं। वह फ़ोन काट देता हैं और कुछ सोचता हैं। साथ ही अपना नाश्ता ख़त्म करता हैं। फिर एक बार और सोच कर अपना फ़ोन उठाकर मिनाक्षी को कॉल करता हैं। पूरी रिंग ख़त्म हो जाती हैं, लेकिन उस छोर से कोई जवाब नहीं। वह तैयार होकर निकलता हैं और फिर से कॉल करता हैं। मिनाक्षी रिंग करीब करीब ख़त्म होने को थी तब उठाती हैं। ऐसा प्रतीत होता हैं मिनाक्षी सुबह ही मंदिर जाकर आयी हैं।

मिनाक्षी: तरुणजी, गुड मॉर्निंग।

तरुण: मिन्नू, आज मुझे तुमसे एक हेल्प चाहिए। मेरे साथ अडिमालि चलो। एक अर्जेंट इंस्पेक्शन हैं।

मिनाक्षी: नहीं तरुणजी। आज तो नहीं।

तरुण: अरे, यह क्या। तुम तो मेरे साथ चलने के लिए हमेशा तैयार रहती हो, आज क्या बात हैं?

मिनाक्षी: तरुणजी, बुरा मत मानिये। या तो आप किसी और को बुला लीजिये, या फिर हम दोनों किसी और दिन चलेंगे।

तरुण: हम्म। मुझे कल ही रिपोर्ट सबमिट करनी हैं। अभी मुझे एक केस के बारे में कुछ पेपर्स मिले हैं। चाहता हूँ खुद ही इन्वेस्टीगेट करूँ। तुम आती तो हेल्प भी हो जाती।

मिनाक्षी: हम्म। ओके। चलते हैं।

तरुण: तो जल्दी से नीचे उतर कर आओ, मैं वेट कर रहा हूँ।

मिनाक्षी: आप, यहां, लेकिन...

तरुण: बाकी बातें फिर करेंगे, तुम आओ तो सही...

मिनाक्षी अपना बैग और मोबाइल उठाती और घर बंद करती हैं। जब वह नीचे पहुँचती हैं तब तरुण को उसकी कार में कैज़ुअल्स में बैठा है।

मिनाक्षी: आप आज ऑफिस गए ही नहीं? और आपको कैसे पता चला मैं घर पर हूँ?

तरुण: थॉट्स टू मेनी क्वेस्चन्स। पहले बैठो एंड पुट योर सीट बेल्ट।

मिनाक्षी बहुत उदास बैठी हैं और कुछ भी नहीं कह रही हैं। वह कुछ पूछती या बोलती ही नहीं हैं। दोनों अडिमालि पहुँच जाते हैं और एक रेस्टोरेंट में जाते हैं। दोनों एक टेबल चुनते हैं और आराम से बैठ जाते हैं। तरुण दोनों के लिए आइसक्रीम लाता हैं और मीनाक्षी को देता हैं।

तरुण: मिनाक्षी मेनन, वेडिंग एनिवर्सरी विशेस टू यू।

मिनाक्षी चकित रह जाती हैं और तरुण की तरफ देखती हैं। उसकी आँखें भर उठती हैं, लेकिन वह अपने आप को नियंत्रित करती हैं।

तरुण (मिनाक्षी की आँखें पढ़कर): आज तुम्हारी वेडिंग एनिवर्सरी हैं। मुझे कैसे पता चला, यही न - पूनम ने सुबह कॉल किया था। कह रही थी, हो सके तो तुम्हे कंपनी दूँ।

(रुकता हैं)

तरुण: मिन्नू, पूनम से पता चला, तुमने मुझे नहीं बताया।

मिनाक्षी: तरुणजी, मेरी ज़िन्दगी में ऐसा कुछ नहीं हैं जो वर्थ मेंशनिंग हो। एट लीस्ट वेडिंग एनिवर्सरी और वह भी ऐसे हालात में...

तरुण: क्यों, इसंट इट ए मैटर ऑफ़ सेलिब्रेशन व्हेन बोथ ऑफ़ यू बिकेम वन? अब जब वह नहीं हैं, तो तुम्हारी ज़िम्मेदारी दोगुनी हो जाती हैं।

मिनाक्षी (गुस्सा होकर): यह आप क्या क्या बोल रहे हैं? क्या हो गया आपको? ऑफिस गए नहीं, झूठ बोलकर मुझे यहां ले आये, और जाने क्या क्या बोलते जा रहे हैं?

तरुण: पिछले साल, तुम्हारी २५वीं वेडिंग एनिवर्सरी थी। पूनम ने अपने ५०वें जन्मदिन का वास्ता देकर तुम्हे दिल्ली बुलवा लिया, वह तुम्हे अकेला नहीं छोड़ना चाहती थी। आज, उसी के कहने पर मैं तुम्हे यहां लाया हूँ, मैं तुम्हे अकेला नहीं छोड़ सकता। तुम मेरी दोस्त हो, जितना तुम मेरा ख्याल रखती हो उतना नहीं तो कुछ तो ख्याल मुझे भी तुम्हारा रखना चाहिए न!!

मिनाक्षी: तरुणजी, प्लीज। थोड़ी देर चुप बैठिये।

तरुण: ओके। टेक योर टाइम।

वह दोनों कई पल चुप चाप बैठते हैं।

तरुण: मिन्नू, तुम्हे लग रहा हैं में तुम्हारी ज़िन्दगी में इन्ट्रूड कर रहा हूँ।

मिनाक्षी: आई डोंट नो। आई डोंट वांट टू थिंक।

तरुण: ओके। तुम सोचो मत, मेरी सुनो। टेक लाइफ अस इट कंस बिकॉज़ ही (ऊपर को इशारा करके) हेस परफेक्ट प्लान्स फॉर यू। अपनी अप्प्रेहेंशन्स को मन से निकाल दो। अपने लिए जियो और खुल कर जियो। ऐसा मानो कि कल सब ख़त्म हो जाएगा, जो हैं बस आज हैं। खूब घूमने जाओ और दुनिया देखो।

मिनाक्षी: बस बस बस। रुक रुक कर कहिये। ओके बाबा, मैं ठीक हूँ। आप मेरी वजह से परेशान हो गए न।

तरुण: हाँ मिन्नू। तुम उदास अच्छी नहीं लगती हो। (फिर चुप हो जाता हैं।)

तरुण: एक और बात तुमसे कहनी हैं - अगर तुम इस तरह से उदास रहोगी तो इसका असर नंदू पर पड़ सकता हैं। वह यहां तक सोच लेगा कि यू आर मिसिंग ए पार्टनर। तुम जानती नहीं हो, आजकल के बच्चे अवेयर भी हैं और अपनी अवेयरनेस को ज़ाहिर भी करते हैं। तुम शायद सब झेल नहीं पाओगी।

मिनाक्षी तरुण की तरफ चकित होकर देखती हैं। उसे नंदू की कही यही बातें याद आती हैं।

तरुण: क्या सोच रही हो?

मिनाक्षी: नहीं, कुछ नहीं। (रूककर) तरुणजी, कभी मैंने पहले कहा था - आपको लिखना चाहिए। आप सोचते बड़ा अच्छा हैं, आप लिखिए न।

तरुण: मिन्नू, तुम्हे पता हैं, मैं पिछले २७ सालों से रोज़ सेलिन को लिखता हूँ - कभी दिखाऊंगा तुम्हे अपनी २७ डायरियां। बस एक पन्ना कोरा रह गया। चाहता तो अगले दिन लिख सकता था, लेकिन मैंने उसे कोरा ही रहने दिया।

मिनाक्षी: कौन सा पन्ना??

तरुण: जो तुम्हारी तीमारदारी में गुज़ारी, वही पन्ना कोरा रहने दिया। वह पन्ना कोरा ही अच्छा हैं।

मिनाक्षी तरुण को गौर से देखती हैं।

मिनाक्षी: आपसे दीदियों ने कभी शादी के लिए नहीं कहा?

तरुण: कहा था। मम्मीजी के जाने के एक साल बाद से दोनों ने शुरू कर दिया था लड़की ढूंढ़ना। दोनों ही सेलिन के बारे में जानते भी थे। बड़कीदी बहुत ज़िद करती, पापाजी मम्मीजी का वास्ता देती, खुद अपना वास्ता देती और मैं टालता गया। छुटकिदी ने एक दिन मुझे पकड़ लिया और पूछा - गुड्डू..

मिनाक्षी (हंसती हैं): क्या, गुड्डू? कौन??

तरुण: मैं, और कौन!!

मिनाक्षी: आप और गुड्डू! ओह माय गॉड! आप पर बिलकुल नहीं जंचता।

तरुण: क्या मतलब? भई नाम हैं, इसमें जंचने, न जंचने जैसी क्या बात हैं?

मिनाक्षी: बिलकुल हैं। नाम इंसान को मैच करना चाहिए न! हाँ, सेलिन की पिक्चर में वह जो एक्टर हैं न, उसपर गुड्डू जंचता हैं।

तरुण: सेलिन की पिक्चर? अरे, फरहान तुम पर केस कर देगा।

मिनाक्षी से हंसी रोकी नहीं जाती हैं।

तरुण: अच्छा तो मुझ पर क्या जंचता हैं?

मिनाक्षी: आप पर.... आप पर तो चीकू जंचता हैं!!

तरुण: चीकू?? क्या यार तुम भी!!!

मिनाक्षी: अच्छा ओके ओके... गुड्डू.. आगे बताईये।

तरुण: हाँ, तो छुटकिदी ने पूछा - तुम्हारी अगर शादी करा देते हैं तो तुम सेलिन को भूल पाओगे? मैंने कहा - मैं उसे किसी भी हाल में नहीं भूल पाऊंगा। दीदी बोली - ऐसा हैं तो तुम्हे किसी और लड़की की ज़िन्दगी खराब करने का कोई हक़ नहीं बनता। और अगर कभी सेलिन को भूल सको तब नए सिरे से सोचना। मैंने भी सोचा - यही अच्छा हैं।

मिनाक्षी: और अब वो दोनों क्या कहती हैं?

तरुण: दोनों ने इस बात पर कुछ भी कहना छोड़ दिया हैं, एंड आई ऍम हैप्पी अबाउट देट।

मिनाक्षी: मुझसे तो कहते हैं, आपने सोचा हैं कभी आगे क्या??

तरुण: मिन्नू, मैं तुम्हारी तरह ज़्यादा सोचता नहीं हूँ। जो होगा देखा जायेगा।

रूककर...

तरुण: अच्छा मिन्नू। तुम वायलिन सीखो, बहुत कंपोज्ड हो जाओगी।

मिनाक्षी: ओ मेरा तो बचपन का एक सपना था, कि वायलिन बजाना सीखूं। हम्म। कोशिश करनी चाहिए, हैं न.. (अब खिल उठी हैं।)

तरुण: देखा, दोस्त काम आया न। अब चले?? यहां मेरा काम ख़त्म हो गया हैं।

मिनाक्षी अपने दोनों आँखें झपकाकर मुस्कुराती हैं।

दोनों जाने को निकलते हैं, कार में सवार होते हैं और रवाना हो जाते हैं।

42

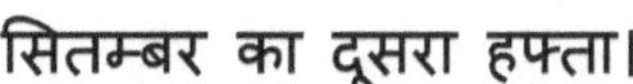

सितम्बर का दूसरा हफ्ता।

पांचो सहेलियां मिनाक्षी के घर में गेट-टुगेदर में हैं। वेद भी मौजूद हैं। सारे अपने कॉलेज के दिनों की यादें ताज़ा कर रहे हैं।

मीनाक्षी: नहीं, मैंने कॉकरोच का डिसेक्शन कभी नहीं किया। प्रैक्टिकल क्लास में हमेशा रौशनी ने मेरी हेल्प की और एग्जाम में मुझे फ्रॉग मिला था। थैंक गॉड फॉर देट।

वेद: अरे, मुझे तो अभी पता चला। पहले बताती तो तुम्हारी डिग्री विथहोल्ड करवा देता।

मिनाक्षी चाय और स्नैक्स परोस रही हैं और ज़ोर शोर से बातें चल रही हैं। तब मिनाक्षी कुछ पुराने तस्वीर लाती हैं और सब उन्हें देखने में मशगूल हो जाते है।

रौशनी: वेद, यह बताओ, हम डे - स्कॉलर्स की साइकिल कौन नीचे गिरा देता था? शाइनी, याद हैं तुझे रोज़ हम नीचे से उठाते थे साइकल्स को.

शाइनी स्नैक्स को चबाने में लगी थी, इसलिए उसने अपना सर मंज़ूरी में हिला दिया।

मेधा: हाँ, पूछने पर भी किसी ने कुछ नहीं बताया।

वेद: चलो आज बता देते हैं। हम बॉयज को तुम सारी डे स्कॉलर लड़कियों पर - चाहे क्लास्मेट्स हो, सीनियर्स

हो या जूनियर्स हो, बड़ा गुस्सा आता था। पूरी स्पेस ऑक्युपाइ कर लेती थी तुम सब। बस ऐसे ही खुंदक निकालते थे।

मिनाक्षी के दरवाज़े का कालिंग बेल बजता हैं। वह उठती हैं और दरवाज़ा खोलती हैं और तरुण को अंदर बुलाती हैं।

मिनाक्षी: आईये, आपका ही इंतज़ार हो रहा था। माय फ्रेंड्स आर हियर, चलिए मिलवाती हूँ।

तरुण: आप सब बिजी हो, क्यों मुझे खामखा इस बीच में इन्वॉल्व कर रही हो?

मिनाक्षी: अरे, नहीं नहीं. अचानक ही प्लान बन गया और सबने मुझ पर धावा बोल दिया। वेद चेन्नई आया था बेटी से मिलने तो वह भी आ गया। और आपको बुलाने का एक और मक़सद हैं। हम सब खाने पर जाएंगे और आपकी गाडी चाहिए!!

तरुण: ओ, तो यह बात हैं। इसीलिए हमारी याद आयी। क्यों, सिर्फ गाडी चाहिए, ड्राइवर नहीं चाहिए।

मिनाक्षी: हां, वह भी चाहिए, अगर ड्राइवर को एतराज़ न हो तो। एक्चुअली, मुझे लगा वेद अकेला फील करेगा। इसलिए आपको बुला लिया। इस पूरी मंडली को एयरपोर्ट भी छोड़ना हैं, रात में ११.३० की फ्लाइट हैं।

तरुण: ठीक हैं भई, चलो। आज आपके दोस्तों के साथ दोस्ती करते हैं।

मिनाक्षी: हे गाइस, मीट माय फ्रेंड, तरुण सिन्हा। और तरुणजी, यह हैं रौशनी (मिनाक्षी अपने आँखों से तरुण को इशारा करती हैं और तरुण सर हिला देता हैं) यह शाइनी,

यह मेधा और इनसे आप मिल चुके हैं पूनम। और यह हैं वेद। इन्सिडेंटली, आप दोनों एक ही स्कूल के हैं।

वेद: आपको देख कर याद आ गया, आप मेरे दो साल सीनियर थे।

तरुण: सॉरी, वेद, मुझे आप बिलकुल याद नहीं हैं।

वेद: आप तो स्कूल लीडर थे। लीडर्स को तो सब याद रखते हैं।

शाइनी: यह ऐसा दिखता ही नहीं था। यह देखिये, डिग्री फर्स्ट ईयर का फोटो हैं। शायद आपको याद आये।

तरुण (तस्वीरें देख कर): हां, अब याद आया। आप क्रिकेट टीम में थे, हैं न।

वेद: जी, सही पकड़ा।

पूनम: तरुणजी, सुना हैं आपने स्मोकिंग छोड़ दी।

तरुण: मिन्नू, तुमने सब बता दिया। जी, पूनमजी, इसने छुड़ा दी।

मेधा: अच्छी बात हैं, तरुणजी। बताईये, भोपाल कब आ रहे हैं? आपका हैं अब कोई भोपाल में?

तरुण: नहीं, अब तो कोई नहीं हैं। दोनों दीदी स्टेट्स में हैं, वही सेटल हो गयी हैं।

रौशनी: आप भी जा सकते थे, ऑपर्च्युनिटी भी हैं।

तरुण: जी नहीं। कुछ पैसों के लिए दुसरे देश में सेकंड क्लास सिटीजन्स की तरह जीने से ज़्यादा अपने देश में गरीब प्रजा की तरह राज करना मुझे पसंद हैं। यहां मैं अपने हिसाब से जी सकता हूँ।

शाइनी: यह तो सही हैं। आपको केरला कैसी लगी?

तरुण: बहुत अच्छी। देखिये, डेढ़ साल और हैं यहां, फिर यहां से भी जाना होगा।

रौशनी: अब कोई जगह रह गयी हैं इंडिया में जहां वर्क नहीं किया हो?

तरुण: नार्थ ईस्ट में गुवाहाटी कुछ महीने था। वापस बुला लिया था। सोचता हूँ, यहां से अब मिजोरम रिक्वेस्ट करूंगा।

वेद: बढ़िया हैं। लेकिन, यहां से जाने का आपका मन करेगा?

(वेद स्नैक्स खाने में मशगूल हैं। कभी कभी कुछ टिप्पणियां दे देता हैं।)

तरुण: क्यों, मैं तो कही भी टिक कर रहा ही नहीं हूँ.

पूनम (बीच में टोक कर): वेद, तुम्हारा ज्ञान तुम अपने तक रखो। तरुणजी, वैसे इंटरस्टेट ट्रांसफर्स हमेशा एप्लीकेबल होते हैं क्या?

तरुण: जब ऍप्लिकेशन्स कॉल फॉर होती हैं, तभी बता दिया जाता हैं कि ऍप्लिकैंट्स हु एग्री टू वर्क एनीवेयर इन इंडिया नीड ओनली अप्लाई। फिर रिक्रूटमेंट के लेटर स्टेजेस में भी डिक्लेरेशन देनी पड़ती हैं।

रौशनी: छोटी उम्र में तो मज़ा हैं, कई जगहों पर सर्विस करने का।

तरुण: मेरे ट्रांसफर्स तो ज़्यादातर ब्रांच क्लींजिंग के लिए होते रहे हैं।

वेद: यार, कहाँ आप लोग एकेडेमिक्स लेकर बैठ गए हो।

मेधा: उसने खा लिया, अब वह बोलेगा। यह वेद न, अब भी नहीं बदला हैं। क्लास में डर लगता था इसकी हरकतों पर। पता नहीं किस प्रोफेसर से डाँट पड़ जाए।

सब मिनाक्षी के घर साथ में चाय लेते हैं और फिर बातें करते हैं। फिर सारे बीच की तरफ जाते है। सभी लहरों में खूब खेलते हैं और फिर थक कर रेत पर बैठ जाते हैं।

थोड़ी देर आराम करने के बाद, सब कारों में निकलते हैं - वेद मिनाक्षी की गाडी चला रहा हैं। सभी रेस्टोरेंट की तरफ जाते हैं।

वेद और तरुण का लेडीज से दूर अपना हैंग आउट चल रहा हैं। लेडीज कुछ जोक्स पर खिलखिला कर हँस रही हैं और खूब मज़े कर रही हैं।

तरुण: अच्छा लगता हैं, इन्हे देख कर। वार्ना इस उम्र में भी दिल खोल कर इतना खुश हो पाना कितना मुश्किल हैं।

वेद: आपको पता हैं, यह अपने आप को V5 कहा करती थी और अब भी वैसी ही हैं। एडमिशन के दिन से ही जाने ऐसे - एक धागे में पिरोयी हुई सी लगती थी। जहां जाती एक साथ रहती, जो भी करना हैं, एक साथ ही करती। हम बॉयज को भी यही इक्कट्ठा रखती। मैं तो मानता हूँ, हम मर्द किसी व्यक्ति या वस्तु से इतना अटैच्ड क़भी नहीं रह सकते हैं, जितनी यह लेडीज रहती हैं। यह तो एक दूसरे की जैसे दवा हो।

तरुण: हम्म! सही हैं। पचीस तीस सालों तक दोस्ती अगर बरकरार हैं तो उसकी गहराई का अंदाजा लगाना आसान नहीं। रिश्ते फीके पड़ जाए तो मन उखड जाता हैं।

वेद: वैसे भी, तरुणजी, बचपन की दोस्ती ही ताउम्र बरकरार रहती हैं। रोज़मर्रा की ज़िन्दगी में मशगूल हो जाने पर, नए दोस्त बनते भी नहीं और रहते भी नहीं हैं।

तरुण: नहीं, वेद। दोस्ती तो किसी भी उम्र में हो सकती हैं, बस वक़्त की कसौटी पर खरी उतरनी चाहिए। दोस्ती उम्र की मोहताज़ नहीं। आपकी गलतफहमी हैं कि अब दोस्त नहीं बन सकते हैं। असल में हम किसी रिश्ते को वक़्त नहीं देते हैं, इसलिए अक्सर वह मुरझा जाते हैं।

वेद: रहने दीजिये, तरुणजी। अब आप ही की बात लीजिये. आप पिछले डेढ़ साल से मिन्नू को जानते हैं। कभी आपको नहीं लगता, आप दोनों का सिर्फ दोस्त बन कर ही रहना मुमकिन नहीं?

तरुण: वेद, मिन्नू को इसमें मत लाईये। मुझसे ज़्यादा आप उसे जानते हैं। और जितनी कदर मैं उसकी करता हूँ, उस से कहीं ज़्यादा वह मेरा करती है। दोस्ती के मायने क्या हैं उस से सीखते ही बनती हैं। आपने ऐसा कह कर मेरा नहीं, मिन्नू और उसकी दोस्ती का अपमान किया हैं।

वेद: तरुणजी, मैंने बस यूं ही नहीं बात छेड़ी हैं। मिन्नू को करीब बत्तीस साल से जानता हूँ। हम दोनों भोपाल से जबलपुर और वापस साथ ही जाते थे। हर काम एक दुसरे से डिसकस करते थे। किस कॉलेज में आगे अप्लाई करना हैं, कौनसी कोचिंग बेटर रहेगी, किस जॉब के लिए अप्लाई करना - सब हम साथ साथ सोचा करते थे। फिर उसके केरला आ जाने के बाद से कॉन्टेक्ट्स कुछ कम ज़रूर हो गए. पर मैंने उसके लिए हमेशा दुनिया की सबसे

अच्छी चीज़ों की दुआ की, आगे भी करता रहूँगा। इसी चलते मैंने आपसे यह पूछा के रिश्ते हमेशा एक जैसे बने रहे, यह ज़रूरी तो नहीं। वक़्त के साथ उन्हें नए नाम भी दिए जा सकते हैं न।

मिनाक्षी उन दोनों को पुकारती हैं और खाने पर आने का अनुग्रह करती हैं। दोनों अपनी बातें बीच में ही रोककर डाइनिंग टेबल तक पहुँचते हैं। तरुण टेबल के एक छोर पर बैठता हैं। मिनाक्षी और वेद तरुण के दाए और बाए एक दुसरे के सामने बैठते हैं। मिनाक्षी के दाए तरफ पूनम बैठी हैं। लेडीज अपनी बातें जारी रखती हैं।

मिनाक्षी: हमने आप दोनों से पूछे बगैर ही आर्डर कर दिया हैं। होप वेद की लाइकिंग्स चेंज नहीं हुई होंगी।

वेद: मेडम, टुडे बिलोंग्स टू यू, इट्स योर डे।

मेधा: वेद, तुम्हे डाइट रेस्ट्रिक्शन्स हैं न, भाभी कह रही थी।

शाइनी: वेद और रेस्ट्रिक्शन्स - उसे तो रेस्ट्रिक्शन्स की स्पेलिंग भी नहीं पता होगी।

प्लेट्स लाये जाते हैं। फिर सलाद आते हैं और सब उसके लुत्फ़ उठाते हैं।

तरुण: देखिये, आप लोग इस तरह कार्नर मत कीजिये।

रौशनी: तरुणजी, यह बिलकुल केयरलेस हैं। ही नेवर लिसन्स टू भाभीजी।

मिनाक्षी तरुण के प्लेट की तरफ देखती हैं।

तरुण: क्यों, क्या हुआ?

मिनाक्षी: वह - कुकुम्बर - अगर आपको नहीं चाहिए तो - मैं ले लू? नहीं तो आप लीजिये, और मंगवा लेते हैं।

पूनम: अरे, यह मेरा तो पूरा खा गयी, तरुणजी अब आपका भी ले रही हैं।

वेद: मिन्नू, तेरी यह आदतें बिलकुल नहीं बदली न।

तरुण: नहीं, ठीक हैं, ले लो। वैसे भी सलाद तो यह ही पूरा खाती हैं, चाहे अपना हो या मेरा।

मिनाक्षी: गर्ल्स, एक्चुअली, हम सब को केयरफुल रहना चाहिए। क्या हैं न, हमारी इस उम्र में, हैल्थी डाइट और एक्सरसाइज बहुत ज़रूरी हैं।

पूनम: ओ, परी। यह क्या बोल रही हैं तू?

मिनाक्षी: हाँ, पूनम। अब हम सब ५० प्लस हो गए हैं। डाइट पर कण्ट्रोल रखना, और रेगुलर एक्सरसाइज करना बहुत ज़रूरी हैं।

मेधा: अरे, मुझे तो घर और ऑफिस के बाद वक़्त ही नहीं मिलता। अब एक्सरसाइज के लिए कहाँ से टाइम निकाले?

मिनाक्षी: मेधा, तू ऐसा सोच, तेरी अच्छी तंदुरुस्ती ही तेरी बेटी के लिए सबसे अच्छी गिफ्ट बनेगी।

पूनम: ओ हो!! बातें तो पहले भी करती थी, इतनी दमदार बातें कबसे करने लगी? (मिनाक्षी से: संगत का असर।)

तरुण (मिनाक्षी से): अरे वाह, मेरे खर्चे पर गोल पे गोल मार रही हो।

मिनाक्षी (तरुण से): आपको कोई नुक्सान तो नहीं हैं न. (वह अपने दोनों आँखें झपकाकर हंसती हैं।)

वेद पूनम को सर हिला कर दिखता हैं और पूनम सर से "नहीं " हिलाकर दिखती हैं।

वेद: चलिए, नो प्राइवेट टॉक्स, लेटस एन्जॉय आवर इवनिंग।

सब खाने और मस्ताने में लगे हैं। फिर सब ओझल सा होता जाता हैं।

43

तरुण अपनी डायरी में लिख रहा हैं। उसका मोबाइल बजता हैं और वह लिखते हुए बात करता हैं।

तरुण: हेल्लो!

दूसरी छोर पर: सोया नहीं, इतनी रात हो गयी हैं।

तरुण: ओ हेलो, तू भी तो जाग रहा हैं।

दूसरी छोर पर: एक बात पूछने के लिए कॉल किया था।

तरुण (लिखना बंद करता हैं): शेखर, सब खैरियत तो हैं न। बता क्या बात हैं?

शेखर: अरे, तू हैरान मत हो। बस यूं ही पूछना था तुम्हारी वह नयी फ्रेंड हैं न, उसके बारे में

तरुण: ओ! तूने तो मुझे डरा दिया यार। बता क्या पूछना हैं?

शेखर: यही कि सिर्फ दोस्ती हैं या बात कुछ आगे बढ़ी?

तरुण: मेक इट क्लियरर, तुम कहना क्या चाहते हो?

शेखर: तरुण, तुम समझदार हो, खूब समझ रहे हो मैं क्या कह रहा हूँ।

तरुण: नहीं शेखर। मैं तुम्हारी जुबां से सुनना चाहता हूँ तुम क्या कहना चाहते हो।

शेखर: सुन। मुझे बहुत अच्छा लगा। तुम दोनों को एक दुसरे के लिए कमिट कर लेना चाहिए।

तरुण: शेखर। तू मेरे बारे में सब कुछ जानता हैं और उसके बारे में कुछ भी नहीं जानता। लेकिन अफ़सोस, तूने हम दोनों के बारे में जो कुछ भी समझा सब गलत समझा। यह तुम्हारे सोच की गलती हैं।

शेखर: अच्छा ये बता। सेलिन अब नहीं हैं, वहाँ पर वह भी अकेली हैं। तो दोनों साथ रहे - यह तो अच्छा हैं न।

तरुण: सुनो, चुप करो और सो जाओ। कल जब उठो तो यह सब दिल और दिमाग से निकाल लेना। नहीं तो मुझे मुंबई आना पड़ेगा। गुड नाईट।

तरुण फ़ोन डिसकनेक्ट कर देता हैं। और खुद से कहता हैं: आजकल समझने लगा हूँ, मिन्नू, जब कोई इंट्रूड करता हैं तो तुम्हे इतना बुरा क्यों लगता हैं।

44

अक्टूबर, दूसरा हफ्ता।

मिनाक्षी टीवी देख रही हैं, तब उसका फ़ोन बजता हैं।

मिनाक्षी: हेलो वेद, कैसे हो! जाने के बाद फिर बुलाया ही नहीं।

वेद: मिन्नू!! हेलो। कुछ दिनों से सोच रहा था तुम्हे कॉल करू।

मिनाक्षी: ओह! और सुनाओ। तुम्हारे फार्म का क्या हाल हैं, कभी जाते हो वहां?

वेद: सुनो, मैंने तुम्हे फार्म पे चर्चा करने के लिए नहीं बुलाया हैं। मैं एक ज़रूरी बात कहना चाहता था।

मिनाक्षी: तो बोलो, प्रील्यूड की क्या ज़रुरत हैं?

वेद: वह तरुणजी हैं न, उनकी बात कहनी थी।

मिनाक्षी: तरुणजी? उनके बारे में? क्या बात हैं?

वेद: तुम्हारे घर पर और फिर रेस्टोरेंट में उनसे बातें हुई। बहुत कन्फ्यूज्ड लगे मुझे। तुमसे कुछ कहना चाहते हैं पर शायद टाल रहे हैं।

मिनाक्षी (हलके से हसती हैं): अरे जब टाल रहे हैं तो तुम क्यों परेशान हो रहे हो। और सुनो, उन्हें कन्फूशन्स होते ही नहीं है, बहुत सुलझे हुए इंसान हैं।

वेद: मज़ाक नहीं मिन्नू, मेरी बात सुनो। कुछ कहना चाहते हैं पर कह नहीं रहे हैं।

मिनाक्षी: वेद, तुम उन्हें समझ नहीं पाए हो। बहुत अच्छे दोस्त हैं, बहुत केयरिंग हैं।

वेद: कभी सोचा तुमने, इतने केयरिंग क्यों हैं?

मिनाक्षी: क्या मतलब?

वेद: तुम जब होस्पिटलाइस थी, तो उन्होंने तुम्हारी देखभाल की। तुम्हारे कहने पर उन्होंने स्मोकिंग छोड़ दी। तुम्हारे फ्रेंड्स के लिए पूरा इवनिंग स्पेंड किया, और तुम दोनों के सलाद का रिश्ता वगैरह वगैरह!! इन सब से ज़्यादा क्या सबूत चाहिए कि ही हेस सम अदर आइडियाज टू।

मिनाक्षी: वेद, यह सब क्या बकवास हैं। तुम जानते हो तुम क्या कह रहे हो?

वेद: तुम गुस्सा क्यों कर रही हो, मैंने जो समझा वही कह रहा हूँ।

मिनाक्षी: और तुमने क्या समझा?

वेद: मिन्नू, मैं एक बात कहूँ, अगर ऐसा हैं तो ऐसा ही होने दो न।

मिनाक्षी: क्या, ऐसा हैं तो कैसा हैं? व्हाट आर यू अप टू?

वेद: तुम्हे यह सब समझ में नहीं आती?

मिनाक्षी: तुमने उनसे कुछ कहा? या, तुमसे उन्होंने कुछ कहा?

वेद: नहीं, मतलब हाँ, उनकी बातों से मुझे कुछ लगा।

मिनाक्षी (गुस्सा होकर): वेद, उन्होंने तुमसे कुछ कहा?

वेद: नहीं, लेकिन ऐसा लगा कि वह तुम्हे पसंद करते हैं। सुन, मिन्नू। हम सब भी यही चाहते हैं।

मिनाक्षी: तुम्हारे लगने न लगने का नहीं पूछ रही हूँ। तुम यह बताओ, उन्होंने तुमसे क्या कहा?

वेद: मिन्नू, अच्छा लगा था तुम दोनों को साथ देखकर, इसीलिए मैंने सोचा...

मिनाक्षी: वेद, तुम सबने यह अच्छा मज़ाक बना रखा हैं। बहुत हो गया, बस करो।

वह फ़ोन डिसकनेक्ट कर देती हैं और हताश बैठती हैं। उसकी आँखें उमड़ आती हैं, लेकिन वह कोशिश करती हैं कि अपना नियंत्रण न खो दे।

45

अगले दिन सुबह, उसकी रोज़ की एक्सरसाइज के दौरान, वेद की बातें उसके ज़हन में आते हैं। वह एक एक करके अपने एक्सरसाइस करती हैं। जब वह बैठ कर नमस्कारम करती हैं, तब हर एक झुकने के साथ धीरे धीरे उसका नियंत्रण छूट जाता हैं और वह बहुत दर्दनाक आवाज़ में रो पड़ती हैं।

••—••

मिनाक्षी यांत्रिक होकर ऑफिस जाती हैं। उसका किसी बात में ध्यान भी नहीं लगता हैं। चित्रा कुछ पूछती हैं लेकिन वह कुछ भी जवाब दिए बिना ही चली जाती हैं जैसे उसने सुना ही नहीं हो। वह छुट्टी ले लेती हैं और एक लॉन्ग ड्राइव पर चली जाती हैं। शाम होने पर बारिश शुरू हो जाती हैं, और कार के अंदर ही बैठकर बरसात को देखती और सुनती हैं। इस बीच तरुण उसे कॉल करता हैं। वह मोबाइल में नाम देखकर वही सीट पर रख देती हैं, जवाब नहीं देती।

कुछ दिनों के बाद तरुण फिर कॉल करता हैं, लेकिन वह नहीं उठाती हैं। जब रिंग पूरी हो गयी, तब मिनाक्षी ने फ़ोन उठाकर तरुण का नंबर ब्लॉक कर दिया।

46

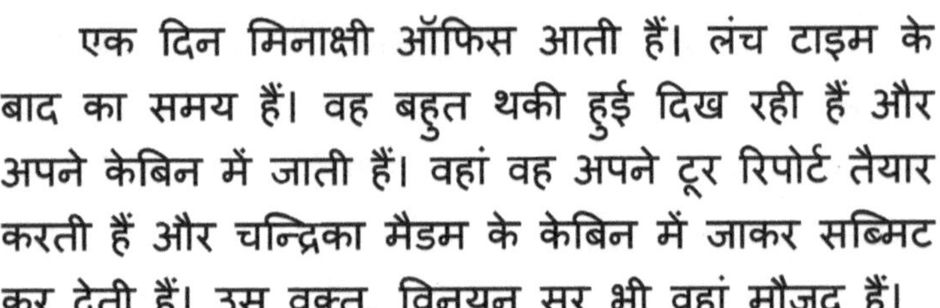

एक दिन मिनाक्षी ऑफिस आती हैं। लंच टाइम के बाद का समय हैं। वह बहुत थकी हुई दिख रही हैं और अपने केबिन में जाती हैं। वहां वह अपने टूर रिपोर्ट तैयार करती हैं और चन्द्रिका मैडम के केबिन में जाकर सब्मिट कर देती हैं। उस वक़्त, विनयन सर भी वहां मौजूद हैं।

विनयन: यह क्या हैं, मिनाक्षी? तुम अपनी मर्ज़ी से टूर प्लान करती हो और कुछ भी टूर रिपोर्ट सब्मिट कर देती हो।

मिनाक्षी: सर, मैं प्री - एप्रूव्ड टूर प्लान के मुताबिक़ ही वर्क कर रही हूँ।

विनयन: मुझे यह सब नहीं मालूम। हेड क्वार्टर्स से इतनी टूरिंग अलाउड नहीं हैं। तुम अपने हिसाब से कुछ भी प्लान करती हो, अप्प्रूव करा लेती हो और चली जाती हो। तुम आज का हाफ डे लीव सब्मिट करो।

चन्द्रिका: विनयन, मैं मिनाक्षी से बात करती हूँ, आप मुझ पर छोड़ दीजिये।

मिनाक्षी: नहीं, मेडम। आप तकलीफ मत उठाईये। ही हेस चैलेंज्ड माय इंटीग्रिटी एंड माय कमिटमेंट टुवर्ड्स द इंस्टीटूशन। (अपना फोन उठाती हैं और टाइप करने लगती हैं): मैडम, आप मेरी रिपोर्टिंग अफसर हैं और इसीलिए आई

ऍम सेंडिंग यू माय लीव एप्लीकेशन फॉर फिफ्टीन डेज स्टार्टिंग टुडे। आई कैंट स्टैंड थिस अनिमोर। आप अप्प्रूव करती हैं तो भी ठीक, नहीं तो भी ठीक। गुड बाय मैडम।

ऐसा कह कर, वह कमरे से बाहर जाती हैं। सीधे अपने केबिन में जाकर बैग लेती हैं और गाडी लेकर चली जाती हैं।

विनयन: हाउ डिसगस्टिंग। यह ऐसा बिहेव कैसे कर सकती हैं? सारा दिन पता नहीं कहाँ, किसके साथ घूमती रहती हैं, और हमसे आकर इतना रॉब झाड़ रही हैं।

चन्द्रिका: विनयन, किसी की भी पर्सनल बातों को आप ऑफिसियल इशू मत बनाइये। वरना इट्स वैरी लाइकली देट आई विल आल्सो टेक द सेम स्टैंड। ऐसे में, आप को शायद बेहद तकलीफ होगी।

विनयन: आप इनसबोर्डिनेशन करेंगी? मैं सीईओ को रिपोर्ट करूंगा।

चन्द्रिका: ज़रूर कीजिये, मुझे एक्सप्लेन करने में आसानी होगी। सर पूछेंगे तो मैं सब बता दूँगी।

विनयन: क्या बताएंगी आप, बताईये क्या बताएंगी आप, हाँ?

चन्द्रिका: इस ऑफिस में किसी के भी बारे में आपने कुछ भी कहा, तो मैं आपके बारे में सब कुछ सर को बता दूँगी। आगे आपकी मर्ज़ी।

चित्रा मिनाक्षी की तरफ दौड़कर जाती हैं। लेकिन तब तक मिनाक्षी जा चुकी होती हैं।

47

कुछ दिनों के बाद तरुण मिनाक्षी के ऑफिस आता हैं और उसे अब्सेंट पाता हैं। तरुण चित्रा से मिलता हैं।

तरुण: चित्रा, मिनाक्षी आज नहीं आयी?

चित्रा: सर, मेडम कुछ दिनों से फील्ड टूर पर रहती थी। सुबह आती और फील्ड चली जाती थी, फिर शाम देर से आती थी। कई दिनों से मेरी भी मुलाक़ात नहीं हुई।

तरुण: उसे क्या हुआ हैं, शी सिम्स डाउन।

चित्रा: सर, टू टेल यू द ट्रुथ, शी हेस एंटेरङ इंटू लॉन्ग लीव। अभी तो १५ दिनों की परमिशन ली हैं। लेकिन लगता हैं एक्सटेंड करेंगी। मेरी तो हिम्मत नहीं होती हैं कुछ पूछने की।

तरुण: कोई बात नहीं। वी नीड टू गिव हेर सम स्पेस। एंड टाइम एस वेल।

चित्रा: लेकिन उनके साथ बहुत बुरी तरह ट्रीट किया गया।

तरुण (आशंकित होकर): क्या हुआ, बताओ मुझे।

चित्रा: उन्हें और आपको लेकर यहां...

तरुण (उसे बीच में ही टोकता हैं): चित्रा, छोड़ो। बेकार की बातों पर ध्यान मत दिया करो। यह बताओ, तुम्हारा उस से फ़ोन पर ही सही, कोई कांटेक्ट हैं?

चित्रा: सर, कॉल करने में डर लगता हैं। उनका मूड ठीक नहीं हो तो फिर... मुझे बहुत चिंता रहती हैं उनकी।

तरुण: उम्!! सुनो तुम एक काम करो। उसे किसी बहाने कॉल करो, कुछ पूछने के लिए - ऑफिसियल नहीं, कुछ पर्सनल - जैसे अपने बच्चों के लिए। उस से और कोई बात नहीं करना, कोई भी ऑफिसियल बातें करना ही नहीं, ठीक।

चित्रा का चेहरा अचानक ही खिल उठता हैं।

चित्रा (कुछ सोचकर): सर, यह सही हैं। मैं उनसे बच्चों के लिए स्विमिंग क्लासेज का पूछ लूंगी - नंदू जाता था स्विमिंग क्लब में। ओह सर, थैंक यू।

तरुण: ओके। तुम आराम से उस से बात करना और मुझे फीड - बैक देना।

चित्रा: श्योर, सर।

तरुण मिनाक्षी के ऑफिस से निकलता हैं और चलते हुए दूर हो जाता हैं।

48

एक दिन। तरुण लाइब्रेरी में जाता है। वह उसी कार्नर टेबल पर जाकर बैठता हैं जहां दोनों बैठा करते थे। कुछ पलों के बाद वह वहां से उठता हैं और लाइब्रेरी के दुसरे छोर पर चले जाता हैं और वहा बैठता हैं। वह याद करता हैं कैसे दोनों उस कार्नर टेबल पर बैठ कर पढ़ते और चर्चा करते थे। तभी वो देखता हैं मिनाक्षी लाइब्रेरी में आती हैं और आदतन कार्नर टेबल तक जाती हैं। कुछ पल वहाँ रूकती हैं और मुड़ कर पूरे लाइब्रेरी में अपनी नज़र दौड़ाती हैं। तरुण एक मैगज़ीन से अपना चेहरा छुपा लेता हैं ताकि मिनाक्षी उसे देख न ले। वह फिर लाइब्रेरी से मायूस ही निकल जाती हैं।

.._..

तरुण मरीन ड्राइव पर अलसाता सा टहल रहा हैं। वह उसी चने वाले से चने लेता हैं और बाजू में ही पैर पीछे से ऊपर कर के दीवार पर टिका कर चने खाता हैं। वह देखता हैं कि मिनाक्षी दूर से कुछ सोचती हुई वॉल्कवे पर चलती आ रही हैं। चलते चलते वह तरुण के सामने से होकर गुज़र जाती हैं और उसे पता ही नहीं चलता कि

तरुण वहां खड़ा हैं। नज़र से ओझल होने तक तरुण उसे देखता रहता हैं।

••–••

तरुण मॉल में घूम रहा था जब मिनाक्षी उसके पास से होकर गुज़रती हैं। मिनाक्षी ने तरुण को देखा ही नहीं। मिनाक्षी बहुत थकी हुई और उदास दिखने लगी हैं। वह एक कॉफ़ी लेती हैं और एक टेबल पर बैठती हैं। हमेशा की तरह वह किसी सोच में डूबी हुई हैं। तरुण भी एक कॉफ़ी खरीदता हैं और दूर के टेबल पर बैठता है। मिनाक्षी तरुण को नहीं देख सकती हैं लेकिन तरुण को साफ़ दिखती हैं। तरुण की कॉफ़ी ख़त्म हो चुकी हैं और मिनाक्षी ने अभी शुरू ही नहीं की हैं। बस वह उठती हैं और चली जाती हैं और तरुण उसे देखता रहता हैं। यह सब तरुण को बहुत ही दुखी कर रहे हैं।

49

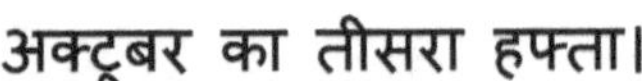

अक्टूबर का तीसरा हफ्ता।

मिनाक्षी टीवी देख रही हैं। उसका ध्यान बिलकुल नहीं लग रहा हैं। वह बहुत ही गहराई से कुछ सोच रही हैं। फिर टीवी बंद करके एक किताब उठा कर पढ़ने की कोशिश करती हैं। फिर किताब भी रख देती हैं और सोफे पर लेट जाती हैं। तभी उसका फोन बजता हैं।

मिनाक्षी फोन में: (रो पड़ती हैं)

पूनम: मिन्नू। सम्भालो खुद को। सुनो, फ़ोन कट करो और फेस धोकर आओ। फिर मुझे कॉल करना।

मिनाक्षी उठती हैं, फ्रेश होती हैं और थोड़ा पानी पीती हैं। वह फिर घर के अंदर ही कुछ कदम चलती हैं और अपने आप को कण्ट्रोल करती हैं। जब वह ठीक हो जाती हैं और खुद को संभाल लेती हैं, तब अपने मोबाइल पर पूनम को कॉल करती हैं।

पूनम: मिन्नू, वीडियो कॉल कर ले?

मिनाक्षी: नहीं, पूनम। बस ऐसे ही ठीक हैं।

पूनम: मिन्नू, आज मैं तुझसे कुछ भी नहीं पूछूँगी। बस एक बात बताने के लिए मैंने कॉल किया हैं। अंशु का रिश्ता पक्का हो गया हैं। अपना मूड जल्दी से ठीक कर ले।

मिनाक्षी: अरे वाह, सासु माँ। कौन सा रिश्ता पक्का हुआ भई।

पूनम: मैंने तुझे बताया था न, यही दिल्ली मैं द्वारका वाली बच्ची के बारे में। सब कुछ तय हो गया हैं।

मिनाक्षी: बहुत अच्छा। शादी कब की तय हुई।

पूनम: शादी नवंबर २४ की पक्की हुई हैं। वक़्त बिलकुल कम हैं। तुझे कार्ड आराम से भेजूंगी। तू जल्दी ही बुकिंग करा लेना।

मिनाक्षी: अरे, तू फ़िक्र मत कर। मैं आ जाऊंगी। और सुन, यहां से कुछ चाहिए तो बताना, लेती आऊंगी।

पूनम: ओके ओके, बता दूँगी। अच्छा मिन्नू, अब रखती हूँ। बाय।

मिनाक्षी: बाय।

मिनाक्षी फिर बैठ कर सोचती हैं....

.._..

मिनाक्षी ने दिल्ली जाने के लिए टिकट करवा लिए। खुद के लिए कुछ कपड़ों का चयन करती हैं और सिलने देती हैं। वह खरीददारी में मशगूल हैं। मिनाक्षी कुछ गरम मसाले और काजू खरीदती हैं। फिर वह केरला की पारम्परिक कसवु साड़ियां खरीदती हैं। फिर एक दिन वह ज्वेलरी में जाकर कुछ गहने लेती हैं।

दिल्ली जाने के लिए मिनाक्षी सामान पैक करती हैं। इसी बीच वह पूनम को भी कॉल करती हैं।

पूनम: हाँ, तैयारी हो गयी?

मिनाक्षी: सुन, सुबह निकल जाऊंगी। बता, कुछ और भी लेना हैं?

पूनम: कुछ भी नहीं। बस तू आजा। बिट्टू एयरपोर्ट पर आ जाएगा तुझे पिक करने।

मिनाक्षी: ओके, बाय।

50

वेडिंग डे।

शादी का दिन।

मिनाक्षी मेहमानो के बीच में घूम घूम कर सबकी खातिरदारी कर रही हैं। उसके और पूनम के कुछ फ्रेंड्स आ गए हैं जो किसी न किसी तरह के काम में जुटे हुए हैं। और भी दोस्त धीरे धीरे आते हैं।

अचानक मिनाक्षी ने देखा तरुण आ रहा हैं और वही खड़े वेद को गले मिल रहा हैं। तरुण ने अब तक मिनाक्षी को नहीं देखा हैं। वह चुपके से वहां से निकलती हैं और पूनम के कमरे में चली जाती हैं। दोनों ही कुछ दूरी पर हैं जहां से दोनों सब को देख सकते हैं, लेकिन कोई उन्हें नहीं देख सकता हैं।

मिनाक्षी: पूनम, यह यहां कैसे? तुमने मुझे बताया नहीं।

पूनम: बस बहुत हो गया, मिन्नू। अब सब सॉर्ट आउट करना हैं।

मिनाक्षी: तो तुम भी मिली हुई हो।

पूनम: नहीं। लेकिन मुझे सब पता हैं। चलो मेरे साथ।

पूनम मिनाक्षी को लेकर बाहर आती हैं और तब वहां तरुण भी आता हैं।

तरुण: पूनमजी, नमश्कार। हेलो, मिन्नू।

पूनम: तरुणजी, थैंक यू फॉर योर विशेस एंड ब्लेस्सिंग्स फॉर द यंग कपल।

इतने में और फ्रेंड्स भी धीरे धीरे इस ओर आने लगते हैं।

तरुण: मिन्नू, कैसी हो?

मिनाक्षी: क्यों बताये? (और वह दूर चली जाती हैं।)

तरुण को बुरा लगता हैं। वह गहरा निश्वास छोड़ता हैं और पूनम की तरफ देखता हैं।

पूनम: तरुणजी, कुछ ग़लतफ़हमी हैं। वेद से उसकी कुछ झड़प हो गयी हैं।

वेद: मैं उस से बात करु?

तरुण: पूनमजी, आप रुकिए। वेद, आई विल हैंडल थिस। उसे एक झटका देना ज़रूरी हैं।

तरुण मिनाक्षी की ओर चलता हैं। जाते वक़्त, तरुण मेज़ पर से दो गिलास लाइम जूस उठा लेता हैं और मिनाक्षी के पास पहुँचता हैं। वह बालकनी में एक कुर्सी पर बाहर की ओर देख कर बैठी हैं। तरुण उसे एक गिलास देता हैं लेकिन वह मना कर देती हैं। तरुण पलट कर बालकनी के दीवार से टिक कर अपना एक पैर पीछे की ओर दीवार पर टिका के दोनों गिलास हाथ में लिए खड़ा हो जाता हैं।

तरुण: मिन्नू, मैंने पूछा तुम कैसी हो?

मिनाक्षी: आपको क्या फर्क पड़ता हैं? अच्छा मज़ाक बना दिया सबके सामने और पूछ रहे हैं कैसी हो?

तरुण: भई, कुछ बताओगी भी या यूं ही पहेलियाँ बुझाओगी!

मिनाक्षी: आपने वेद से क्या क्या कहा? क्यों बेकार की बातें करते हैं? आप जानते हैं मुझे यह सब पसंद नहीं, फिर भी...

तरुण: वेद से क्या क्या बातें की? सुनो।

मिनाक्षी ध्यान नहीं देती हैं।

तरुण (थोड़ा कड़क होकर): सुनो, इधर देखो।

मिनाक्षी अपना चेहरा उठाती हैं और तरुण की आँखों में देखती हैं।

तरुण: मिनाक्षी, मुझे अगर तुमसे कुछ कहना हो तो तुमसे डायरेक्ट कहूंगा, मुझे किसी वया - मीडिया की ज़रुरत नहीं हैं, समझी। (रूककर) तुम्हारे दोस्त ने क्या कहा, क्या समझा और तुम्हे क्या बताया - यह मेरा सर दर्द नहीं।

तरुण (एक पल रूककर, थोड़ा संभल कर): हम दोनों के इरादे शुरू से ही बिलकुल क्लियर हैं, यह तुम भी जानती हो और मैं भी।

मिनाक्षी बैठे ही बैठे तरुण के चेहरे की तरफ एक बार देखती हैं। फिर, नज़र हटा कर कही और देखती हैं।

कुछ दूरी से ही पूनम और सारे दोस्त काम करने के बीच में ही दोनों पर निगरानी रखते हैं।

तरुण: यह बताओ, तुमने और मैंने कितनी ही बार इस मसले पर बात की हैं। तुम्हे मेरी और मुझे तुम्हारी सारी बातें मालूम हैं। फिर भी तुम कैसे इतनी इम्मैच्योर बिहेव करने लगी, मेरी समझ में नहीं आता। (रुकता हैं और मिनाक्षी की तरफ देखता हैं।)

तरुण: हाँ, वेद से मेरी बातें हुई, लेकिन तुमने सोच भी कैसे लिया कि आई विल एवर लेट यू इन इंटू एनीथिंग लाइक दिस?

मिनाक्षी: वेद मुझसे झूठ नहीं बोलेगा।

तरुण: तो वेद ने सच भी तो नहीं कहा। यू नो, प्रॉब्लम क्या हैं - तुम्हारे दोस्त तुमसे अंधा प्यार करते हैं, इसलिए उन्हें पता नहीं कि किस से कब, क्या कहना चाहिए।

मिनाक्षी धीरे से उठ कर खड़ी हो जाती हैं और तरुण की तरफ देखती हैं। तरुण उसे गिलास देता हैं और वह धीरे से हाथ बढ़ाकर गिलास ले लेती हैं।

पूनम (फुसफुसाती हैं): थैंक गॉड। अब सब संभल जाएगा। (दोस्तों से कहती हैं) चलो, भई, नाउ लेट देम केरी ऑन।

तरुण: मिन्नू, जानती हो, मैं चाहता तो तुम्हे कोच्ची में ही पकड़ लेता। मैंने सोचा तुम्हे तुम्हारा स्पेस दे दूँ, तुम्हे वक़्त दूँ, ताकि तुम अपने आप सब समझ सको। (रूककर) कितने ही दफा तुमने मुझ पर भरोसा किया था, तो फिर आज ऐसा डाउट क्यों?

मिनाक्षी तरुण के सवालों से बचने के लिए धीरे से जूस पीने लगती हैं।

तरुण: तुम्हे अपने आप को एक्सप्रेस करने की पूरी आज़ादी हैं। लेकिन तुमने जाने क्या क्या सोच लिया और अपने आप इतने दिन घुटती रही। क्यों हो तुम ऐसी, क्यों खुद को इतना कमज़ोर मानती हो कि हमेशा अपने आप को सबसे सेफ - गार्ड करती रहती हो। जब मैं और तुम

अपने इरादों पर पूरे पक्के हैं तो कोई क्या कर लेगा। अगर तुम्हे पूरा भरोसा हैं कि तुमने सही क़दम उठाया हैं, तो फिर डर किस बात का?

मिनाक्षी: मुझे नहीं मालूम तरुणजी। उस दिन मुझे बहुत गुस्सा आया था। अगर उस दिन मेरे सामने पड़ते तो शायद आपको मैं गोली मार देती।

तरुण (हसता हैं): और सारी उम्र जेल में पड़ी रहती। तुम तो अभी भी जेल ही में हो, खुद को मारकर आजीवन कारावास झेल रही हो।

मिनाक्षी: मैं क्या समझती जब आपने वेद से कहा कि मुझे सबसे अलग रखे।

तरुण: मिन्नू, सेलिन के बारे में तुमने जब मुझे बताया था, मेरे मन में तुम्हारे लिए जो आराधना जगी, इट वास् मोर ऑफ़ ए प्रेयर फॉर यू। तुम्हारे लिए एक इबादत जो आज भी मैं संभाले हूँ। यह कड़ा जो सेलिन ने पहनाया था, क्यों मैं साथ लिए रहता हूँ? तुमने मांगसूत्र क्यों अब भी पहना हुआ हैं? इसकी आभा को तुम खुद से क्यों अलग नहीं कर पाती हो। वैसे ही जैसे सेलिन की अनुभूति मेरे अंदर हमेशा ज़िंदा रहेगी। बस तुम ही कुछ...

मिनाक्षी: जानती हूँ। पर जब वेद ने कहा तो एक लम्हे के लिए मुझे लगा कि जैसे...

तरुण: क्या...

मिनाक्षी: जैसे मेरी दोस्ती हार गयी। तरुणजी, जिस दोस्ती पर - वह चाहे वेद की हो या आपकी - मुझे बहुत गुमान था, सब मुझे झूठे लगने लगे। आई फेल्ट चीटेड।

तरुण: तुम कितनी समझदार हुआ करती थी, अब कैसे इतनी स्टुपिड हो गयी। तुम भूली नहीं होगी - तुमने कितने इत्मीनान से मुझे कहा था - तरुणजी, आपकी मदद की ज़रुरत हैं, आई विल बी यूसिंग यू फॉर माय बेनिफिट। उस दिन तो मुझ पर बड़ा भरोसा था! आज मुझ पर से भरोसा क्यों उठ गया, हाँ? या खुद पर भरोसा नहीं रहा? बताओ।

तरुण: (रूककर - कुछ सोचकर) अच्छा, सुनो। तुम्हे किसने बताया कि तुम्हारे कहने पर मैंने स्मोकिंग क्विट कर दी?

मिनाक्षी उसे बड़े सदमे के साथ देखती हैं।

तरुण: और अपने दोस्तों से भी कह दिया। (रूककर उसे बड़े ज़ोर से घूरता हैं) मेडम, टू टेल यू द ट्रूथ, आई स्टिल स्मोक। देखो... (अपनी जेब से सिगरेट का एक पॉकेट निकालता हैं।)

मिनाक्षी (थोड़ी निराश होकर): आपकी ज़िन्दगी हैं, आपकी मर्ज़ी है। मैंने कहा न, मुझे लगा अब मेरी दोस्ती हारने लगी हैं। वैसे भी, हर चीज़ की एक लाइफ पीरियड होती हैं, जिसके बाद एक्सपायरी हो जाती हैं। हमारी दोस्ती भी कुछ ऐसी ही हैं. (रूककर) थी, अब नहीं हैं। बस ऐसा ही मुझे समझ आता हैं।

तरुण: मिन्नू, मैं तुम्हे अपनी बहुत ही अच्छी और सेंसिबल दोस्त मानता हूँ। शायद अपने और गहरे दोस्तों से भी ज़्यादा तुमसे मेरा वेवलेंथ मैच होता हैं। लेकिन ऐसी बेबुनियाद दलीले मुझे ज़रा भी समझ में नहीं आते।

मिनाक्षी: बस, यही मैं भी कह रही हूँ। ऐसी बेबुनियाद बातें होती किसलिए हैं? क्यों ऐसी बातों को हवा दे?

तरुण: अरे, अजीब हो तुम भी। तुम अब ओवर रियेक्ट कर रही हो। तुम ही कहती थी न - दिल और दिमाग की जंग में हमेशा दिमाग के फैसले पर चलना चाहिए। अब तक तो तुम दिमाग से काम करती थी। अपनी मासी को क्या क्या पट्टियां पढ़ाई थी। विनयन सर को उल्टा पछाड़ कर आयी थी। और जब खुद की बारी आयी तो मुँह छुपा कर रो रही हो। बुज़दिल।

मिनाक्षी: तरुणजी, आई वास् शेकन।

तरुण: मिनाक्षी मेनन, डोंट एक्ट मिसेरबल। तुम पर सूट नहीं करता हैं।

मिनाक्षी: तो मैं क्या करती, बताईये।

तरुण: मेरा नंबर ब्लॉक कर दिया। क्या वंडरफुल सलूशन हैं भई!!!

मिनाक्षी: प्लीज अंडरस्टैंड मी।

तरुण: मिन्नू, एट लीस्ट अब तो तुम अपने आप को एक्सप्लेन करना छोड़ दो। वह भी मेरे सामने...

मिनाक्षी: मुझे वक़्त चाहिए। यह सब बहुत भारी हैं मेरे लिए।

तरुण: मिन्नू, मैं हूँ न। हम्म...

मिनाक्षी: आई नो, आई नो। एंड आई कैंट इवन थैंक यू इनफ फॉर बीइंग देयर फॉर मी...

तरुण: छोड़ो। लिसेन, कभी सोचा तुमने हमारी मुलाक़ात यूं ही नहीं हुई। किसी और के बदले हम दोनों मिले, फिर दोस्ती हुई। ऐसी दोस्ती जो सब के समझ में कम ही आती हैं। हम दोनों के ही सो कॉल्ड फ़ास्ट फ्रेंड्स ने भी हमें समझा नहीं। यही दुनिया हैं। तुम इसे

ऐसे ही एक्सेप्ट करो। लेकिन जियो अपनी शर्तों पर। ओके!!

तरुण मिनाक्षी को बहुत गौर से देखता हैं और वह भी उसका सामना करती हैं। फिर वह अपने दोनों आँखों को बहुत कस कर झपकती हैं और मुस्कुराने की कोशिश करती हैं।

तरुण: अच्छा, अब चलो। सारे झमेले ख़त्म करो एंड शेक हैंड्स। आईन्दा फ़िज़ूल की बातें दिल से नहीं लगाना। कम ऑन।

मिनाक्षी: आई ऍम सॉरी, बट मैं ऐसी ही हूँ। शायद खुद को बदल नहीं पाऊंगी।

तरुण: जानता हूँ। अब तुम जैसी भी हो, अच्छी ही हो। बहुत समझदार, बहुत नादाँ और बहुत बेवक़ूफ़ - आल रोल्ड इंटू वन - मेरी दोस्त - मिनाक्षी। चलो - फ्रेंड्स अगेन!!

(तरुण हाथ बढ़ाता हैं और मिनाक्षी उस से हाथ मिलाती हैं। दोनों मुस्कुराते हैं और अपने दोस्तों की तरफ चलते हैं।)

तरुण: सुनो। वैसे मैंने स्मोकिंग छोड़ दी हैं। ८ महीने हो गए हैं! (और अपनी सबसे शरारती हंसी हँसता हैं।)

मिनाक्षी (एक लाचार भाव से): गॉड। यू विल किल मी वन डे, आई ऍम श्योर। फिर, पॉकेट में क्यों लिए फिरते हैं?

तरुण (शायराना अंदाज़ में):

सामने होते हुए भी
उसे नज़रअंदाज़ करते रहे

जूनून हमारा भी कम नहीं
उसे दुत्कार कर अपना प्यार ज़ाहिर करते रहे
तुम्हे शायद समझ नहीं आएगी। चलो...
दोनों इंतज़ार करते दोस्तों के पास पहुँचते हैं।

पूनम: भाई वाह। बेटे की शादी का मज़ा दुगुना हो गया। तरुणजी, मैं कहती थी न, इसके पीछे लाठी लेकर रहना पड़ता हैं।

सब हसंते हैं।

तरुण: वेद, यार तुम न, तुम मुझे ज़रा मिलना। तुमसे अकेले में कुछ बातें करनी हैं।

मिनाक्षी: क्यों, अकेले में क्यों। आप इस से यही पर बात कीजिये। हम लोग भी इसे ठोकेंगे... तरुण: अरे मिन्नू, तुम रिलैक्स करो, मैं इस का थोड़ा... (तरुण को फ़ोन बजता हैं)

तरुण: निधि मेडम, ए प्लेसंट सरप्राइज। कैसी हैं आप?

निधि: तरुण, तुम जीत गए। तुम्हारी इंक्वायरी रिपोर्ट पर मुरुकेष और साथियो को अरेस्ट वारंट इशू हो गया हैं। डिटेल्ड इंक्वायरी भी सैंक्शन हो गयी हैं हेड ऑफिस से।

तरुण: मेडम, आई न्यू। शुरू से ही मुझे लगा था - देयर वास् समथिंग फ़िशि। मेडम, यह तो शुरुआत हैं। इसके चलते इस नेटवर्क से जुड़े कई लोगों की खबरें बाहर आएँगी। आप ज्वाइन कीजिये, हम स्ट्रेटेजी डिसाइड करेंगे।

निधि: भई, फिलहाल तो सारा क्रेडिट तुम्ही को हैं। और एक न्यूज़ हैं। यू आर बीइंग ट्रान्सफर्ड बैक टू हेड ऑफिस, विथ इमीडियेट इफ़ेक्ट। सिक्योरिटी रीसंस।

तरुण कुछ पलों के लिए एकदम चुप हो जाता हैं और उलझा हुआ दिखता हैं।

तरुण: मेडम, डिसिशन हेड ऑफिस से आयी हैं? या यहां से रिक्वेस्ट गयी थी?

निधि: तरुण, हेड ऑफिस से ही आर्डर आया हैं। कोई बात नहीं। जो भी हुआ अच्छा ही हुआ। मैं अपना लीव एक्सटेंड कर रही हूँ। अब तुम भी जा रहे हो। यह सही हैं कि हम दोनों के टेम्पेरमेंट्स बिलकुल अलग हैं, स्टिल तुम थे तो बहुत सिक्योर्ड फील करती थी।

तरुण: मेडम, यह सब बिलकुल मुश्किल नहीं हैं। बस आप हौसला रखिये। आप ज्वाइन कीजिये, सब ठीक हो जाएगा।

निधि: नहीं तरुण। मैं बेटी के पास यू एस जा रही हूँ। अब शायद तुम और मैं मिले भी नही।

तरुण: ऐसा नहीं कहते मेडम। एनीवे, बाय।

वह मिनाक्षी की तरफ देखता हैं जो बहुत ही खुश नज़र आ रही हैं और दोस्तों से बातें करती हैं। वह फोन काटता हैं और कुछ सोचता हुआ धीरे धीरे उनके पास जाता हैं।

तरुण: मिन्नू, मुरुकेष और गैंग को अरेस्ट वारंट इशू हुआ हैं। तुमने शुरुआत की और मैंने अंजाम दिया।

मिनाक्षी: वाह, क्या बात हैं। कॉग्रट्स, तरुणजी। आप तो स्टार बन गए!!!

तरुण: और मेरी ट्रांसफर भी हो गयी हैं, मुंबई को।

मिनाक्षी की मुस्कराहट फीकी पड़ जाती हैं, लेकिन फिर भी वह कोशिश करके मुस्कुराती हैं और पहले तरुण

की तरफ, फिर पूनम की तरफ और फिर दोस्तों की तरफ देखती है। सब ही एकदम निशब्द हो जाते हैं।

मिनाक्षी: यह भी ठीक हैं। (वह फिर तरुण को देखकर अपनी दोनों आँखें कस कर बहुत देर तक झपकती हैं और हँसने की कोशिश करती हैं।)

तरुण (खुश होने की कोशिश करता हैं): अरे, आप सबको अचानक क्या हो गया। मुजरिम पकड़ा गया तो सब को खुश होना चाहिए न। आप सब इतने उदास क्यों हो गए?

पूनम: यह तो बड़ी अनएक्सपेक्टेड टर्न हैं।

तरुण: मुजरिम का पकड़ा जाना अनएक्सपेक्टेड था? अरे पूनमजी, यह क्या, आपने क्या एक्सपेक्ट किया था?

पूनम: नहीं तरुणजी, मेरा मतलब। आप का ट्रांसफर बिलकुल अनएक्सपेक्टेड है।

तरुण: इट्स आल इन द गेम। हम तो तैयार रहते हैं हमेशा। आपने क्या सोचा था, एक ही जगह पर ज़्यादा वक़्त टिके नहीं रह सकते हैं।

वेद: आपको कब ज्वाइन करना होगा?

तरुण: कल कोच्ची पहुंचेंगे, मोस्ट प्रॉबब्ली शाम तक रिलीव हो जाऊंगा। परसों संडे हैं, मुंबई के लिए निकल जाऊंगा और मंडे ज्वाइन करूंगा।

तरुण मिनाक्षी से: तुम भी ऑफिस ज्वाइन कर रही हो मंडे को, ठीक हैं।

मिनाक्षी: जी।

रस्म एक एक कर के चलते हैं, शादी का समारोह जारी रहता हैं। मिनाक्षी और तरुण सारे दोस्तों के साथ

रस्मो में खूब मन लगा कर जुटे हुए हैं पूनम रस्मों में मशगूल हैं, लेकिन वह बीच बीच में आकर सभी को देख जाती हैं।

पूनम: चलिए। खाना लग गया हैं, आप सभी चलिए।

सब बहुत ही खुश हैं। शादी की रस्म पूरी हो जाती हैं।

अगले दिन सुबह सुबह तरुण और मिनाक्षी एयरपोर्ट पहुँचते हैं। वापसी एक ही फ्लाइट में प्लान की गयी हैं। दोनों अपने दोस्तों को हाथ उठा बाय करते हैं और एयरपोर्ट के अंदर साथ ही चले जाते हैं...

www.ingramcontent.com/pod-product-compliance
Lightning Source LLC
LaVergne TN
LVHW041200150826
845673LV00001B/236

9798891337718